모리타 키세츠 지음
47AgDragon 일러스트
박춘상 옮김

젊은이들의 흑마법 기피가 심각합니다만, 취직해보니 대우도 좋고 사장도 사역마도 귀여워서 최고입니다!

6th volume

Contents

젊은이들의 흑마법 기피가 심각합니다만, 취직해보니 대우도 좋고 사장도 사역마도 귀여워서 최고입니다!

6

모리타 키세츠 지음 | **47AgDragon** 일러스트 | **박춘상** 옮김

제
1
화

길고양이 문제

목매다는 늪에 친수 공원을 조성하는 커다란 프로젝트가 끝나서 솔직히 조금 맥이 풀렸다.

 그러나 업무 시간에 농땡이를 부리고 있다는 뜻은 아니다. 업무 자체가 시시해졌다는 의미다.

 목매다는 늪 이외에도 늪은 각지에 있다. 그날도 나는 지시를 받아 메어리와 함께 자그마한 늪을 청소하고 있었다. 내가 어딜 가든 어차피 세룰리아가 자동으로 따라오기에 사장님이 같은 장소에서 일하도록 조치를 해줬겠지.

 임프를 소환하여 지극히 평범한 임무를 부여했다. 임프를 감독하기 위해 와이트를 소환해야할 정도로 이 늪은 크지 않다.

 참고로 임프들도 "여긴 작네", "이만한 크기라면 금세 끝나겠어요, 대장님" 하고 말했을 정도다. 실제로도 일이 점심 즈음에 끝나버렸다……

 "임프 여러분, 괜찮다면 과자나 같이 먹을래요? 휴일에 사온 건데."

 세룰리아가 잔디밭 위에 돗자리를 쫙 펼치고서 그 위에 과자가 담긴 접시를 하나씩 깔아나갔다.

 "아싸~!"

 "고맙슴다!"

 "이번 일은 두 가지 의미로 꿀맛이구나!"

 임프들이 기뻐하며 과자 접시 쪽으로 몰려들었다.

 이렇게 임프들과 친목을 다지는 것도 중요한 일이다.

그런 의미에서 내 사역마가 세룰리아라서 다행이라고 생각했다. 무뚝뚝한 사역마였다면 이렇게 세심하게 챙겨주지 못할 테니까.

"자, 여보도 드세요."

세룰리아가 나에게도 작은 접시를 내밀었다.

"고마워, 세룰리아."

나는 과자를 하나 입에 넣었다.

"뭐라고 해야 하나, 날씨가 참 좋네."

나는 돗자리에 벌러덩 누워서 태양을 올려다봤다.

늪 주변에도 볕이 아주 잘 들어서 전혀 음습하지가 않다. 거의 교외로 소풍을 나온 듯한 느낌이다.

"목매다는 늪 정비사업도 마쳤으니 가끔은 이렇게 시간을 느긋하게 보내는 것도 좋지 않을까 싶어요. 이따금씩 긴장을 풀어줘야 업무 능률도 오르니까요."

바로 옆에는 세룰리아가 있어서 함께 휴식을 취하고 있다. 이런 걸 보고 행복이라고 하는 걸까?

분명히 말해서 충분히 만족스럽다. 이 근방을 뛰노는 내 자식까지 있다면 세상에서 말하는 평범한 행복을 모두 다 갖춘 셈일 텐데.

뭐, 아직 스무 살 생일도 맞이하지 않았으니 2세 계획을 생각하기에는 너무 이른지도 모르겠지만……

"하늘이 참 넓네요. 마계는 하늘이 컴컴해서 이렇게까지 기분이 상쾌하지는 않거든요."

"그래? 마계와 인간 세계는 환경도 꽤 다르구나."

일전에 마계에 갔을 때는 인간 세계보다 여러모로 더 진보되어 있다는 인상을 받았었다. 그런데 기후는 인간 세계 쪽이 더 쾌적한지도 모르겠다.

"으~음! 기분이 이렇게나 좋으니 그걸 하고 싶어지네요."

세룰리아가 돗자리에 앉더니 팔을 뻗었다.

"그게 뭔데?"

"그야 물론……."

세룰리아가 내 입술에 검지를 척 올렸다.

"……서큐버스적인 일이죠♪"

심장이 철렁했다……!

"아니, 하지만, 여긴, 야외인데……."

"그러니까 개방감을 느낄 수 있어서 더욱 좋지 않을까 싶어요. 침대에서 하는 것도 편안해서 좋긴 하지만, 역시나 야외에서만 느낄 수 있는 맛도 있는 법이죠."

세룰리아가 고혹적으로 요염하게 웃었다.

"목매다는 늪에서 한 번 경험하고 나서 야외에서 하는 즐거움을 깨달았다고 해야 할까요. 아직도 공부해야할 게 많아요!"

그거 참 의욕적이네.

일 년 이상 함께 살아오면서 서큐버스적인 일도 여러 번 했는데 어째서 세룰리아는 이리도 매력적일까……? 이것이 서큐버스의 놀라운 힘일까?

"일도 끝났으니 괜, 괜찮으려나……. 세룰리아한테는 이쪽이 오히려 본업이라고 할 수 있을 테고……."

……그러나 그때.

나와 세룰리아 사이로 메어리가 쓱 뛰어들었다.

"후~, 일도 어느 정도는 일단락됐으니 이 소녀도 쉬어보~자."

방금 그 말은 일부러 내뱉은 듯했다. 그러나 이번에는 방해를 해줘서 다행이라고 해야 하려나……. 아무리 휴식 시간이라고 해도 서큐버스적인 일을 하는 건 지나치다.

"둘이 뭘 하든 만류하지 않겠지만, 이 소녀도 여기 있다는 걸 잊지 마. 오늘은 소녀도 업무차 온 거니까."

"응, 미안해……. 절도는 지킬게."

"저도 오늘은 일이 너무 여유로운 나머지 도가 지나쳤네요……. 반성하겠습니다……."

메어리가 와서 세룰리아도 조금 겸연쩍었나 보다.

"뭐, 일이 편하다는 건 동감이야. 개인적으로는 앞으로도 쭉 이렇게 편했으면 좋겠는데."

메어리도 돗자리에 드러누웠다.

내가 편하다고 여길 정도이니 메어리는 더 편하겠지.

"근데 살짝 자극적인 사건이 벌어져도 괜찮을 것 같긴 한데. 왕국 절반을 박살낼 정도의 재앙이라면 이 소녀가 물리칠 수 있으니 한 번 닥쳐와도 괜찮을 텐데."

"야, 재수 없는 소리 하지 말라고!"

메어리라면 그만한 적도 쉽게 이길 수 있을 테지만, 그걸 지켜보는 나는 제정신을 유지하지 못할 거다.

"뭐 마계도 최근 평화로우니 그런 일은 없을 것 같지만. 후아～아."

메어리가 하품을 하고서 눈을 감았다. 완전히 낮잠 모드다.

"왕국도, 마계도 평화롭구나."

나는 햇볕을 반사하여 반짝이는 수면을 바라보고 있었다.

휴식 시간이니 낮잠쯤은 괜찮겠지. 이것이야말로 최고의 사치……

"햐아악!"

잠을 자려고 했더니 메어리가 비명을 지르며 오려던 잠을 쫓아냈다.

"으앗! 프란츠, 안 돼. 자극적인 사건이 벌어지길 바라긴 했지만!"

뒤에서 메어리의 목소리가 들려왔다. 묘하게 달콤하다.

아니, 난 아무 짓도 안 했다고……. 늪을 그저 바라보기만 했을 뿐인데?

"얼굴을 핥으면 안 돼! 창피하다니까. 아이 참, 아기처럼 굴지 말래도."

"안 했어! 안 했어! 난 그런 짓을 하지 않았다고!"

나는 당황하여 메어리 쪽으로 시선을 돌렸다.

"엥, 프란츠가 아냐?"

메어리도 눈을 뜨고서 벌떡 일어섰다.

그곳에는 새끼 줄무늬 고양이가 있었다.

"냐~앙, 냐~앙."

이 녀석이 메어리의 얼굴을 핥은 범인이 틀림없겠지.

"뭐야, 고양이였나…… 그럴 줄 알았지. 프란츠가 그렇게 적극적으로 행동할 리가 없는데."

메어리, 왠지 실망한 눈치 아냐?

그 고양이는 몸을 일으켜 메어리의 다리에 얼굴을 비벼대기 시작했다.

"냐~앙, 냐~앙, 냐아."

"어머머, 메어리 씨를 아주 잘 따르네요."

세룰리아도 미소를 머금고서 새끼 고양이를 지켜보고 있다. 한 폭의 그림과도 같은 광경이긴 하다.

"뭐야, 참 뻔뻔스러운 고양이구나……"

메어리는 불평을 내뱉으면서도 쪼그려 앉아 고양이의 머리를 살짝 쓰다듬었다.

이 역시 업무에 활력을 불어넣어줄 자극적인 사건임은 틀림없겠지.

이대로 저녁까지 푹 쉬는 건 너무한 듯해서 오후부터는 늪 주변에 쳐져 있는 출입금지 울타리 살피면서 망가진 부분을 수리했다.

특히 아이가 떨어지면 위험한 구역에는 주의를 환기하는 간판을 세워뒀다.

아이의 입장에서 이곳은 절호의 놀이터겠지만, 그만큼 사고도 벌어지기 쉽다.

자, 이로써 오늘 할 일을 모두 다 마쳤다는 보람에 젖어 뒷정리를 하고 있을 때…….

"냐~, 냐~."

아까 봤던 새끼 줄무늬 고양이가 또 메어리에게 다가갔다.

"얘, 이제 우린 돌아갈 거야. 네게 줄 먹이도 없어. 어서 어미 곁으로 돌아가라."

메어리는 자세를 낮춰 새끼 고양이를 타일렀다. 함부로 다룰 수가 없는지라 당혹스러워하고 있다.

그러나 고양이는 계속 울어대기만 할 뿐 메어리에게 달라붙어 떨어질 생각을 하지 않았다.

그저 재롱을 부리는 수준이 아니었다. 고양이가 필사적으로 매달리는 듯했다.

메어리도 그것을 감지한 듯했다.

"너, 혹시 어미가 없는 거야?"

메어리가 새끼 고양이를 안았다.

동시에 그녀의 표정이 어두워졌다.

"아무리 새끼라고는 해도 너무 가벼워. 야위었어. 영양실조네."

바로 그때 세룰리아가 빈 상자를 들고서 하늘을 날아왔다.

"두 분, 저쪽에 이런 게 놓여 있었어요!"

그 상자는 새끼 고양이 한 마리가 딱 들어갈 만한 크기였다.

그리고 안에는 천이 깔려 있었다.

더욱이 상자 겉면에는 '아무나 거둬주세요. 아니면 이 늪에서 건강하게 잘 자라렴'이라는 글이 적혀 있었다.

증거들이 이렇게까지 갖춰졌으니 더 이상은 의심할 여지가 없겠지.

"버림받은 고양이인가? 더는 키울 수가 없게 돼서 여기로 데리고 나온 건가."

그렇다면 주인이 무책임하다.

"물론 그 가능성도 있긴 하지만, 이런 정보들만 가지고는 단언할 수 없지. 길고양이가 낳은 새끼일 가능성도 있어. 어느 지역은 길고양이가 너무 많아서 처분을 하는 곳도 있으니."

메어리가 몸을 흔들고 있다. 어머니가 아이를 재우고자 몸을 흔들며 자장가를 부르듯 새끼 고양이를 달래주기 위해서다.

"그러면 처분되는 게 가여워서 어떤 애가 일단 '내가 키울래!' 하고 거두긴 했지만, 결국에는 감당이 안 돼서 놔버렸을지도. 전부 상상이긴 하지만 그럴듯하지 않나?"

"그러네요. 요즘에 왕도에서도 길고양이가 문제라고 들었어요."

세룰리아도 고민하는 표정을 지었다.

"왕도에는 길고양이가 먹을 만한 잔반이 늘어서 숫자가 급증했다던데요. 먹이를 주지 말라고 금지한 지역도 많긴 하지만, 불쌍하다며 그냥 주는 사람이 있으니까요. 그래서 숫자가 너무 많이 불었으니 줄이자는 의견과 가엾으니 안 된다고 반대하는 의견이 대립하고 있어요."

"메어리랑 세룰리아, 둘 다 아주 잘 아네……."

적어도 훨씬 오랫동안 왕도에서 살아왔던 나보다도 잘 안다.

"여자는 귀여운 걸 좋아하거든요. 저 역시 고양이한테 관심이 있답니다."

왕도 시가지에 가면 고양이들을 쉽게 볼 수 있긴 하지.

우리 집은 교외에 있는지라 고양이가 많다는 느낌을 받지 못했지만, 왕도 중심부에서는 그 숫자가 불어나고 있는지도 모르겠다.

"특히 시장이 있는 동네에서는 고양이가 상품을 갉아먹어서 문제가 심각해지고 있는 것 같아요."

"그렇구나……. 만약에 내 가게가 고양이한테 습격을 받았다면 가만히 두고 볼 수만은 없을지도……."

생각보다도 더 성가신 문제인 듯하다.

"인간과 동물이 어떻게 공존하느냐. 여러 곳에서 벌어지고 있는 문제겠네. 시골에서도 숫자가 불어난 사슴이나 멧돼지가 밭을 망가뜨려서 마법으로 울타리를 치는 등 다양한 대책을 실시하고 있는 모양이야."

"아아, 밭이 피해를 입었다는 건 나도 알고 있어. 아리에노르도 푸념을 늘어놨고……."

아리에노르는 그야말로 시골 출신인지라 마을에 피해를

주는 사슴이나 멧돼지를 더는 미룰 수가 없는 문제로 여기고 있는 듯했다. 아리에노르와 마을 사람들은 사냥을 해서 식재료로 쓰고 있다고 했다. 그러나 사냥도 실력이 있어야 가능하다. 초보자는 엄두도 내지 못하겠지.

그래서 지역에 따라 사냥꾼 숫자가 부족해서 사슴이나 멧돼지에 제대로 대응하지 못하는 곳도 있다고 한다.

"왕도 안에서 먹이를 주는 집이 한두 군데라도 있으면 새끼 고양이가 모두 성장해서 폭발적으로 번식을 하는 거죠."

"그렇구나⋯⋯. 인간이 먹이를 제공하면 고양이가 자꾸 늘어나는 거구나⋯⋯."

완전한 야생 고양이라면 당연히 엄혹한 생존경쟁을 겪어야만 하니 태어난 새끼들 중 절반은 다 자라지도 못하고 죽고 말겠지. 그렇기에 고양이도 앞을 내다보고서 새끼를 많이 낳지 않을 것이다.

그러나 고양이를 보호하는 인간이 있는 왕도에서는 모든 새끼 고양이들이 성묘로 자라나게 된다.

그러니 온 왕도에 고양이가 득실거릴 수밖에.

"왕도 일부에서는 길고양이 중성화 수술도 하고 있는 모양이지만, 언제 끝이 날지 기약이 없을 뿐더러 자금도 한정되어 있죠. 정말로 어려운 문제예요."

지금 메어리가 안고 있는 새끼 고양이도 보고 있기만 해도 귀여운걸⋯⋯.

아마도 저 새끼 고양이를 거뒀던 사람도 차마 죽일 수가 없어서 이곳에 버리러 온 거겠지.

새끼 고양이가 또 "냐아~, 냐아~" 하고 울었다. 고양이 나름대로 무언가를 호소하고 있는 걸까? 아니면 우는 것 말고는 생존을 위해서 할 수 있는 일이 없어서 그러는 걸까?

"프란츠, 세룰리아. 사회문제는 귀가하고 나서 질릴 정도로 실컷 의논하기로 하고⋯⋯. 그보다도 이 녀석을 데리고 돌아가고 싶은데 괜찮을까?"

메어리가 왠지 사명감이 느껴지는 표정을 짓고 있었다.

한 번 만난 이상 이제는 못 본 척 두고 갈 수는 없게 됐다.

"난 상관없어. 얼마나 잘 보살필 수 있을지는 모르겠지만, 능력껏 챙겨주자."

"예. 여기에 놔두고 가는 건 야박하니까요."

나와 세룰리아 모두 고양이를 보호하기로 결정했다.

"좋았어. 그럼 돌아가자, 나이트메어."

메어리의 입에서 평소에는 거의 들을 수 없는 명사가 나왔다.

나이트메어란 메어리의 이름의 바탕이 됐던 종족명이다. 메어리는 '형언할 수 없는 악몽의 창시자'라는 이름이 붙어 있는 특별한 존재다.

"오늘부터 이 녀석의 이름은 나이트메어야."

메어리가 새끼 고양이를 가리키며 말했다.

"뭐라고 붙이든 상관없긴 하지만, 그것 참 불길한 이름이네⋯⋯."

"불길하다니 그 무슨 무례한 소릴. 나이트메어는 그저 악몽을 뿌리고 다닐 뿐이야."

나이트메어라는 종족의 대표 같은 존재로서 불만이 있는 듯했다.

"게다가 메어리라는 그 이름도 나이트메어에서 따온 거잖아. 성가시지 않나?"

"꼬치꼬치 따지긴. 이 소녀는 이 이름이 좋아."

메어리가 뾰로통한 표정을 지어서 더 이상은 쓸데없는 말을 하지 않기로 했다.

그리하여 새끼 고양이 한 마리가 새 가족이 됐다.

일단 나이트메어에게 양념을 씻어낸 고기와 우유를 주기로 했다.

인간을 위한 양념이 너무 진해서 고양이의 몸에 좋지 않을 듯했다.

인간에게는 딱 알맞은 염분일지라도 작은 고양이에게는 과할 수 있으니까.

"어느 정도를 줘야 할지 잘 모르겠네. 주는 족족 다 먹어 버릴 것 같아."

나이트메어는 식욕이 왕성하다고 해야 하나, 배가 부르면 그만 먹어야한다는 생각이 없는 듯했다.

"나중에 고양이를 키우는 법이 적힌 책이라도 사서 공부할게. 이 소녀가 주로 나이트메어를 보살피긴 하겠지만, 보조를 부탁할게."

메어리가 이토록 적극적으로 나서다니 참 희한하다. 나이트메어는 식사를 마치자마자 메어리의 무릎 위로 올라갔다.

아아, 이미 새끼 고양이가 메어리를 어미로 인식하고 있고, 메어리 역시 받아들인 모양이다.

반려묘 나이트메어가 있는 생활은 신선하긴 하지만 꽤 수고로웠다.

배변 훈련을 시키는 것도 힘들었지만(고양이용 변기를 사와서 모래를 넣었다), 무엇보다도……, 한밤중에 나이트메어가 울어대는 울음소리가 우리를 지치게 했다.

"냐아~, 냐아~."

새벽 2시. 집 안에 울음소리가 퍼졌다.

"앗, 또 뭔가 해달라고 울고 있네……."

자고 있던 나도 눈을 떴다.

나이트메어는 주로 식당에서 생활하고 있다. 부엌과 붙어 있어서 먹이를 챙겨주기가 용이하니까.

소리가 큰 걸 보니 방 문 앞에까지 와서 울고 있구나……. 누가 어디에서 자고 있는지 확실히 파악하고 있다는 뜻이다.

"그런 것 같네요. 아직 새끼니까요. 한창 어리광을 피우고 싶을 때죠."

세룰리아도 깬 모양이다. 고양이 울음소리는 잘 울리니까.

악몽이라는 의미를 지닌 이름이 붙어 있는 고양이 때문에 잠에서 깨니 왠지 기분이 묘하네······.

방에서 나가보니 메어리가 우유를 먹이고 있었다.

"밤에 사람을 깨우면 못 써. 근데 넌 오히려 야행성인가? 후아~암."

메어리도 졸린 듯했다. '형언할 수 없는 악몽의 창시자'가 나이트메어 때문에 잠을 설치다니 참 아이러니한 이야기다. 메어리가 직접 붙인 이름이긴 하지만.

"이 소녀의 방 앞에서 먼저 울고 나서 프란츠와 세룰리아의 방 앞에서 운 모양이야. 프란츠한테 응석을 부릴 바에야 이 소녀한테 응석을 부리겠다는 거지."

"어미 고양이 역할, 고생이 많네."

"뭐, 생명을 키운다는 건 원래 이런 거지. 다 알고서 거두긴 했지만 막상 해보니 어머니란 얼마나 괴로운 존재인지 알 것 같네."

메어리가 쓴웃음을 짓긴 했지만, 아주 싫은 표정은 아닌 듯했다.

"인간의 아기도 한밤중에 적어도 두 번은 울어대며 부모를 깨운대. 예행연습으로 딱 좋지 않을까 싶긴 하군."

"예행연습이라니······."

더 이상 파고들었다가는 제 무덤을 팔 것 같아서 굳이 묻지 않기로 했다······.

"뭐? 이 소녀도 아기를 충분히 출산할 수 있다고. 뭔가 이상한 점이라도 있나?"

"아니, 전혀 문제없어……."

"프란츠와 꼭 닮은 아이라면 좋겠는데."

나는 무심코 헛기침을 해댔다.

"어라? 아기가 누군가와 닮을 수도 있는 거 아냐? 그렇게까지 동요할 일이야?"

"너, 그거 틀림없이 노리고 말한 거지……."

뭐, 그래도 자식이 태어나면 이렇게 한밤중에 깨는 게 일상이 되겠지. 이 세상의 어머니들에게 정말로 고개가 숙여진다.

"저기 말이야. 내일부터는 당번을 정해서 돌아가며 밤중에 나이트메어를 돌보지 않을래?"

깊이 생각하지 않고 그 말을 내뱉었다.

"그렇게까지 마음 써줄 거 없어. 나이트메어를 키우자고 먼저 말을 꺼낸 건 이 소녀이니까. 밤중에 잠을 잠깐 설쳤다고 해서 몸이 무너지지는 않아. 아주 오랫동안 불면증에 시달렸던 적도 있고."

듣고 보니……. 평범한 인간과는 비교할 수 없는 차원이었지…….

"아니, 나 역시 장래에 한 아이의 아버지가 될지도 모르잖아. 그러니 미리 경험해두는 것도 괜찮을 것 같아."

지금이 입사 직후나 혹은 구직 활동 중이었다면 그럴 만한 여유도 없었겠지.

그러나 다행히도 지금은 커다란 프로젝트가 일단락된 직후다.

무언가에 도전할 타이밍으로서 나쁘지 않다.

"흐응. 누구랑 자식을 만들 작정으로 예행연습을 하겠다는 건지는 모르겠지만 마음대로 하든지 말든지."

말속에 왠지 가시가 돋쳐 있는 것처럼 들렸지만, 일단 허락을 받았다.

◇

세룰리아도 밤에 나이트메어를 보살피게 됐다. 우리 집은 사흘마다 한 번씩 당번제로 나이트메어를 달래주기로 했다.

갑자기 잠을 깨우는지라 스트레스가 쌓일 만도 하지만…….

"냐아~."

"자, 자. 왜 그러니, 왜 그래."

귀엽게 우는 모습을 보니 스트레스가 상쇄된다!

품에 안아주니 나이트메어가 웃고 있는 것 같은 표정을 지었다. 메어리를 가장 잘 따르긴 하지만, 나와 세룰리아를 피하는 건 아니다. 거부하지 않고 품에 안겨준다.

낮에는 우리가 출근을 하므로 먹이만 미리 챙겨주고서 집에서 자유롭게 놀도록 내버려둔다. 몸집이 아직 작으니 집

고양이로서 지내도록 놔두자.

저녁 식사 때도 빈 의자를 하나 놔두면 나이트메어가 영차영차 올라와 앉는다. 마치 넷이서 식사를 하는 것처럼 보인다.

식탁에는 나이트메어용 작은 접시가 놓여 있고, 그 안에는 고기가 약간 담겨 있다.

나이트메어가 몸을 뻗어 먹이를 먹는다.

발을 식탁에 올려두고서 몸을 쭉 뻗는다.

덥석, 고기를 입 안에 넣는 나이트메어.

으음, 그저 먹이를 먹고 있을 뿐인데도 이렇게나 귀엽다니 치사하네…….

"나이트메어가 온 뒤로 집안 분위기가 화사해졌어요~♪"

세룰리아도 나이트메어가 있는 생활에 푹 빠진 듯했다.

"정말로 그러네. 집안이 활기차진 것 같은 느낌이야."

"이게 다 이 소녀 덕분인 줄 알아."

메어리가 어디까지 진심인지는 모르겠지만 생색을 내듯 말했다. 뭐, 그날 늦에 메어리가 없었다면 나이트메어가 나왔을지 알 수가 없긴 하다.

설령 나왔더라도 그토록 메어리를 잘 따르지 않았다면 그저 나이트메어를 쓰다듬고 귀여워만 해주고서 헤어졌을지도.

"그러네. 메어리한테 감사하고 있어."

"흑마법사네 집에 고양이가 있다는 것도 잘 어울리고요."

흑마법사는 고양이를 사역마로 부리는 게 정석이니까.

바로 그때 번뜩였다.

"어라, 혹시 흑마법사는 고양이랑 대화를 나눌 수 있지 않을까……?"

그럴 수 있다면 나이트메어와 더욱 커뮤니케이션을 할 수가 있다.

그러나 메어리의 반응을 보니 조금 어려운지도 모르겠다.

"가능하다고도 할 수 있고, 불가능하다고도 할 수 있겠네."

"그게 무슨 소리야……?"

"이 소녀와 프란츠처럼 대화를 나누는 건 무리겠지. 흑마법사가 사역마로 삼는 고양이 역시 마계에 사는 특별한 고양이이니까. 근처에 돌아다니는 아무 들고양이를 붙잡아다가 이게 내 사역마예요~, 할 수는 없잖아."

"듣고 보니 그러네……."

사역마는 어디까지나 사역마이지 애완동물과는 다르다.

정식으로 계약을 맺을 필요가 있다. 다시 말해 계약 행위를 성립할 수 있을 정도로 지능이 높은 존재만이 사역마가 될 수 있다.

"그래도 고양이가 생각하는 걸 막연하게나마 알 수는 있지 않을까."

"고양이랑 대화를 할 수 있는 마법이 있었던가?"

업무와 관계가 없을 것 같은 마법이라서 전혀 기억에 없다.

"출근하거든 조사해보죠! 회사에 참고가 될 만한 책이 아주 많잖아요!"

그리고 이튿날.

나는 회사 서고에 가서 책을 찾아봤다.

매니악한 흑마법을 다룬 책이 있어서 살펴봤다.

"앗, 있다!"

예상 밖으로 금세 발견했다.

그 책에는 그야말로 우리의 욕구를 채울 수 있는 마법명이 적혀 있었다.

· 고양이와의 대화

그야말로 현재 내가 가장 원하는 마법이었다.

"역시 있긴 하군."

그저 따라가기만 하겠다며 따라온 메어리가 말했다. 참고로 세룰리아도 책을 찾아봐주고 있다.

"메어리, 정말로 예상했던 거야……?"

발견하고 나서 말하는 건 반칙 아닌가? '맞아, 맞아, 나도 그럴 줄 알았어' 하고 말하는 얌체가 꼭 있잖아.

"응, 진짜."

그러나 메어리가 농담을 하는 것 같지 않았다.

"왜냐면 흑마법 중에 '악령과의 대화'라는 마법이 있잖아? 그와 비슷한 방향성으로 고양이와 대화를 하게 해주는 마법이 있을 것 같았지."

"그러고 보니 그런 마법도 있었지."

평소에는 소통을 하지 않는 존재와 소통을 할 수 있게 해주는 마법이니 방향성은 비슷하겠지.

"근데 난이도는 전혀 다른 모양이에요. 고양이랑 대화를 하는 쪽이 훨씬 더 어려워요."

세룰리아가 책에 얼굴을 가까이 가져갔다.

"그건 아마도 애당초 악령이 사념(思念)으로 말을 걸어오는 존재라서 그렇겠지. 듣고 싶지 않은데도 악령의 목소리가 들리는 인간도 있으니까."

그와 비교해 고양이와 대화를 하고자 할 경우에는 인간이 고양이에게 일방적으로 맞춰야만 한다.

"그래도 불가능한 수준은 아냐. 연습을 조금 하고 나면 사용할 수 있는 마법이라고 생각해."

"그러네. 현재 프란츠의 실력이라면 그렇게까지 고생하지는 않을 것 같은데?"

메어리의 표정을 보니 치켜세우는 것 같지는 않았다.

그것이 메어리가 내린 솔직한 평가겠지.

"그럼 이 마법을 연습해볼게. 그보다도 메어리는 안 배울 건가?"

위대한 마족인 메어리라면 이런 마법쯤은 금세 습득할 수 있겠지.

그렇게 된다면 나이트메어와도 더 잘 통할 수 있을 것이다. 사역마라고 불러도 손색이 없을 정도로 친해질 수 있지 않을까.

그러나 메어리는 고개를 가로저었다.

"으으응. 그만둘래. 왠지…… 내키지가 않네."

메어리가 구체적인 이유를 밝히지는 않았다.

나도 더 이상 캐물으면 안 될 것 같았다. 어떤 마법을 익힐지는 저마다 자유이니까.

◇

그로부터 나는 퇴근한 뒤에 집 밖에서 '고양이와의 대화'라는 매니악한 흑마법을 연습하기 시작했다.

연습하고 나서 알게 된 사실인데…….

"의외로, 어렵네, 이거……. 발음이 옛날 방식이라서 어려워……."

그 마법은 실용성이 부족해서인지 오랫동안 방치되다시피 했다. 그 탓에 발음이 상당히 낡아빠져서 익숙해질 때까지는 성공할 수가 없었다.

"브에라드 · 세휘나 · 테아아…………. 안 되겠네, 왠지 혀가 꼬이는 것 같아."

고대 발음은 현대 발음보다도 모음 숫자가 훨씬 더 많았다고 한다.

현대 마법사는 약간의 발음 차이를 이해하기가 상당히 어렵다.

바로 그때 무언가 수상쩍게 빛나는 것이 한창 연습 중인 나에게로 다가왔다.

뭔가 싶었는데 금세 정체가 드러났다.

"아아, 나이트메어구나."

내가 아까 봤던 것은 어둠 속에서 빛나던 나이트메어의 눈동자였다.

나이트메어는 내 앞에 서서 이쪽을 유심히 쳐다봤다.

아마도 '뭐 하는 거야?' 하고 궁금해하는 거겠지.

"지금 널 위해서 마법을 익히고 있어. 기다리고 있으라고."

당연하지만 나이트메어는 아무 말도 하지 않는다. 그저 내 앞에서 계속 관찰하고 있었다.

그 뒤로 마법진을 여러 번 그리면서 마법을 시도해봤지만 좀처럼 잘 풀리지 않았다.

"으~음, 뭐, 마음을 느긋하게 먹자. 익히지 않으면 생활하기가 불편해지는 마법도 아니니까."

그런데 그 순간 예상치 못한 해프닝이 벌어졌다.

나이트메어가 연습하면서 그렸던 마법진 중앙으로 들어왔다.

그 안에 앉아서 보란 듯이 이쪽을 쳐다보고 있다.

무심코 나는 웃음을 터뜨리고 말았다. 웃음보가 터지고 말았다.

"아냐! 이건 고양이 소환 주문이 아니잖아!"

그러고 보니 고양이는 동그란 물체의 안에 들어가고 싶어

하는 습성이 있다고 들은 적이 있다.

이 행동 역시 그 습성 때문일 테지만, 타이밍 한번 끝내주네.

"네가 거기 있어서 원을 그릴 수가 없겠다."

옆으로 비켜서 마법진을 그렸더니 이번에는 그쪽으로 자리를 옮겼다.

"냐~, 냐~."

"야야, 방해하지 마. 아니면 놀고 있는 거니?"

나는 지팡이를 내려두고서 자기 마음대로 설치고 다니는 나이트메어를 안아 올렸다.

얼굴을 보니 꽤 만족스럽다는 듯한 반응을 보였다.

어쩔 수 없이 나도 몸을 흔들며 나이트메어와 놀아줬다.

"나 참, 손이 많이 가는 녀석이라니까."

한동안 그러고 있으니 나이트메어가 '그만 됐어' 하고 말하는 듯이 울어대기 시작했다.

땅바닥에 내려주니 집 쪽으로 타다닷, 하고 달려갔다.

때마침 메어리가 밖으로 나왔다.

"프란츠, 꽤 열심히 하네."

메어리가 자세를 낮추자 나이트메어가 뿅, 하고 달려들었다.

아주 화목해 보인다. 흐뭇한 나머지 무심코 눈을 가늘게 뜨고서 그 둘을 쳐다보고 말았다.

"프란츠, 왜 히죽거리는 거야?"

"그게 말이야. 메어리가 나이트메어의 엄마가 다 됐구나 싶어서."

"그럴지도 모르지. 나이트메어도 아직은 엄마가 필요한 나이일 테니까."

말투는 무뚝뚝했지만, 메어리는 자연스럽게 자애로운 눈으로 나이트메어를 쳐다보고 있었다.

어쩌면 나이트메어와 소통하기 위해서 굳이 마법을 더 배울 필요가 없다고 여기고 있는 걸까?

그로부터 이틀 뒤.

내가 그린 '고양이와의 대화' 마법진에서 하얀 연기가 모락모락 피어올랐다.

"좋았어. 드디어 여기까지 왔구나."

무언가가 기동되고 있다는 증거다.

"연기가 너무 많이 피어오르네. 아아, 고양이로 하여금 이 연기 속을 지나가게 하면 되는 건가?"

잠시 뒤 연기 분출이 멈췄다. 연기가 끊임없이 피어올라 주변에 민폐를 끼치지 않을까, 하는 걱정은 접어도 되겠네.

이제는 마법을 확실히 내 것으로 하기 위해 마무리하는 작업만이 남았다.

한 번 성공한 것과 언제든지 성공할 수 있는 것 사이에는 큰 차이가 있다. 적어도 한 번 성공한 정도로는 업무에서 사용할 수가 없다.

예를 들어 목숨이 걸린 승부에서 마법을 썼는데 실패한다면 큰일이 난다. 그러므로 마법을 습득했다고 하려면 성공 확률을 90퍼센트까지는 올려두지 않으면 안 된다. 다시 시도해도 되는 상황에서 쓸 법한 마법일지라도 성공 확률이 70퍼센트는 넘어야만 한다.

나는 오로지 '고양이와의 대화' 마법진만 계속 그려나갔다. 15분마다 나눠서 계산해봤는데 성공 확률이 금세 50퍼센트를 넘겨서, 이윽고 70퍼센트, 85퍼센트까지 올라갔다.

한 시간하고도 약간의 시간이 흐른 뒤 '고양이와의 대화' 마법을 사용해도 괜찮은 수준에 이르렀다.

"좋았어! 이로써 나이트메어하고도 얘기를 할 수 있겠어!"

나는 의기양양하게 집으로 돌아갔다.

나이트메어는 의자에 앉아 있는 메어리의 무릎 위에서 몸을 동그랗게 말고 있었다. 완전히 푹 늘어져 있다. 얼굴도 처음에 만났을 때보다 넉살좋아졌다고 해야 할까, 차분해졌다.

"메어리, '고양이와의 대화' 마법을 써볼까 해."

"응, 좋아. 자, 나이트메어. 프란츠가 뭔가 하고 싶어 하는 모양이니 다녀와."

메어리가 나이트메어를 내 앞쪽 바닥에 내려뒀다.

나이트메어가 '무릎 위에 조금 더 있고 싶었는데' 하고 투정하는 듯이 작게 울었다.

"좋았어, 나이트메어. 앞으로 너랑 대화를 나눌 수 있게 될 테니 제자리에 가만히 있어야 한다."

나는 지팡이로 융단 위에 마법진을 그리며 영창을 해나
갔다.

"베라드 · 세퓌나 · 튜아 · 라퓌르 · 스웬더······."

나이트메어가 '당최 뭘 하고 있는 건지 모르겠다'는 느낌
으로 하품을 했다. 정말이지 성미가 느긋한 녀석이다. 역시
나 내 의도를 알 리가 없겠지.

내가 지팡이로 마법진을 그려나가는 데도 아랑곳하지 않고
다가오더니······.

오히려 움직이는 지팡이에 맞춰서 손(엄밀히 말하자면 앞발)을
뻗어서 놀고 있다.

"냐~, 냐~. 냥!"

내가 마법진을 그리기 위해 지팡이를 다양한 방향으로 움
직일 때마다 나이트메어는 앞발을 뻗어서 만지려고 했다.

이 녀석, 완벽하게 놀아주고 있는 것으로 여기고 있잖아!

그러고 보니 끈이나 막대기에 고양이가 민감하게 반응하
는 때가 있긴 하다.

그와 비슷한 상태인 건가!

"냐냐냥! 냥!"

"야야! 움직이지 말라니까! 아아······, 지팡이 진행 방향
으로 오면 안 돼!"

능숙하게 사용할 수 있다고 자부했던 '고양이와의 대화'
마법이 전부 실패하고 말았다.

그야 그렇지. 지팡이를 조금이라도 움직이려고 할 때마다

나이트메어가 방해를 했으니까.

"하하핫! 나이트메어, 프란츠가 놀아줘서 좋겠네."

메어리도 키득 웃고 있다. 아주 나를 장난감으로 취급하고 있네……

결국 다섯 번 연속 실패하고 나서 나는 지팡이를 내려뒀다.

나이트메어는 '어라? 벌써 끝이야?' 하고 아쉬워하는 얼굴로 나를 올려다봤다.

"……풋! 하……하하하하하하!"

그 얼굴을 보고서 나도 웃음을 터뜨리고 말았다. 허파에 바람이 들어갔다고 해야 하나, 웃음보가 터져버린 것 같은 느낌이다.

"정말로 넌 자유롭구나!"

나이트메어가 '뭐가 자유야?' 하고 따지는 듯한 표정을 지었다. 덕분에 또 웃음이 치밀었다.

나이트메어의 그런 모습을 보고 있으니…….

"그래, 네 맘대로 해라. 중지, 중지."

영창을 계속 시도할 마음이 이제 사그라졌다.

"어라라, 프란츠, 마법을 안 쓸 거야? 뭣하면 마법진을 그리는 동안에 나이트메어를 안고 있어 줄까?"

메어리가 '고양이와의 대화' 마법을 쓰고 싶어 하는 내 마음을 존중해주고 있다. 그래서 그렇게 말을 건넨 거겠지.

하지만 이제 됐다.

"메어리가 어째서 '고양이와의 대화' 마법을 익힐 생각이 없다고 했는지 그 의미를 확실히 알겠어."

나는 메어리와 나이트메어를 번갈아 봤다.

"무슨 생각을 하는지 알 수가 없으니 고양이는 재밌는 거야. 무슨 의도인지 전부 알아버린다면 분명 싱거워지겠지."

"프란츠가 그렇게 생각한다면 그렇지 않을까?"

메어리는 그 이유를 확실히 밝히지는 않았지만, 분명 그런 게 아닐까 싶었다.

나이트메어는 내가 들고 있는 지팡이에 그대로 달라붙더니 융단 위를 데굴데굴 구르면서 다리를 얍얍, 하고 내밀었다.

자못 새끼 고양이가 할 법한 몸짓이다. 어지간히도 즐거운가 보다. 지팡이를 살짝 움직이자 그에 반응하여 나이트메어가 또 움직였다.

아아, 그런가.

"프란츠, 얼굴을 보니 뭔가 깨달은 것 같은데."

"이런 마법이 없더라도 지금껏 나이트메어가 무슨 생각을 하는지 대강 짐작해왔구나 싶더라고. 어디까지나 대강이긴 하지만 말이야."

마법을 쓰지 않더라도 반려묘의 마음이 어렴풋하게나마 전해진다.

예를 들어 지금 나이트메어가 왜 이리도 지팡이에 집착하는지는 모르겠지만, 그 모습을 보면 놀고 있다는 것과 즐거워하고 있다는 것 정도는 금세 알 수 있다.

그리고 아마도 그 정도가 가장 적당하겠지.

설령 '고양이의 대화'를 사용했더라도 고양이의 생각을 모조리 다 알아냈다는 만족감은 들지 않겠지.

대화하는 것과 상대를 전부 이해하는 것은 다르다. 말이 통하는 인간들조차 서로를 이해하지 못하기 일쑤다. 하물며 전혀 다른 생활을 하는 고양이와 대화를 해본들 이해할 수 있을 리가 만무하지.

물론 마법을 사용한다면 분명 예전보다 나이트메어의 생각을 훨씬 더 많이 알 수는 있겠지. 그래서 이 마법이 존재하는 걸 테니까.

그러나 그 마법을 쓰게 되면 낭만이 줄어들고 만다.

반려 동물을 키우면서 느낄 수 있는 참맛 중 하나를 잃어버릴 것 같다.

"이 소녀는 더 이상 쓰이지 않는 마법에는 그만한 이유가 있다고 생각해. 많은 사람들이 불필요하다고 판단한 결과이니까."

지금 메어리는 그야말로 후배를 깨우쳐주는 연장자 같았다.

이 마법을 자주 사용했던 시대에 살았던 사람들도 '뭔가 아닌 것 같다……'는 느낌이 들어 사용 횟수를 점차 줄였겠지.

"응, 마법이 사라져 간 이유를 안 것만으로도 수확이야."

나이트메어가 지팡이에서 떨어져 부엌 쪽으로 이동하여 그곳에서 가만히 기다렸다.

"저건 우유를 달라는 뜻이겠네."

"이 소녀도 그렇게 생각해."

때마침 부엌에는 내일 도시락을 준비하고 있는 세룰리아가 있었다.

"우유를 먹고 싶은 거죠? 근데 나이트메어는 방금 전에 마셨는데요?"

"냐~. 냐~."

"또 마시고 싶다고요? 어쩔 수 없네요. 조금만이에요?"

세룰리아가 접시에 우유를 따라줬다. 그녀도 나이트메어와 제대로 커뮤니케이션을 하고 있다.

"이게 반려묘와의 가장 행복한 거리감이구나."

나도 나이트메어의 뒤쪽으로 이동하여 우유를 낼름낼름 핥아먹고 있는 모습을 바라봤다. 많이 본 광경인데도 희한하게도 질리지가 않는다.

"그럴지도 모르겠네요. 서큐버스의 속담 중에 '연애는 상대를 모르기에 필사적인 것이다'라는 말도 있답니다."

"꽤나, 좋은 격언인데."

"예, 야한 의미가 전혀 없는 서큐버스답지 않은 속담이죠."

그거 참 철학이 확고한 종족이네…….

"그래도 모처럼 마법을 익혔는데 써보지도 않고 지나가기에는 조금 아깝네요."

"유효하게 활용할 수 있는 길이 있으면 좋겠지만, 범용성이 현저히 낮으니까……."

늪지대 보행 흑마법처럼 사용할 수 있는 상황이 한정되어 있다.

그런데 일사불란하게 우유를 핥아먹고 있는 나이트메어를 쳐다보다가 문득 생각이 번뜩였다.

"앗, 써먹을 수 있는 길이 있어!"

이튿날 밤, 나는 왕도의 어두운 골목에 있었다.

뭔가 나쁜 짓을 꾸미려는 것은 아니다. 마침 그곳에 고양이 몇 마리가 모여 있었기 때문이다.

그곳은 길고양이들의 집회소였다. 위치가 어딘지는 메어리가 알려줬다. 그녀는 고양이를 유심히 살핀 모양이다.

나는 그곳에서 '고양이와의 대화' 마법을 썼다.

하얀 연기가 고양이들 쪽으로 흘러간다. 처음에 고양이들이 '냥!' 하고 비명을 질렀다. 그런데 이내 내 머릿속에서 『대체 뭐냥……』하는 말이 직접 울렸다.

마법이 성공했다.

『야, 고양이들, 잘 들려? 너희들 눈앞에 있는 인간이야.』

나는 마음속으로 불렀다.

고양이들의 『보고 있다냥』하는 목소리가 들려왔다.

『요즘에 왕도에서 너희들이 버릇없이 굴어서 문제가 되고 있어. 최소한 가게 상품을 갉아먹는 짓만은 그만두도록 해.

그러지 않으면 숫자를 줄이자는 얘기가 나오고 말 거야.』

다양한 목소리들이 들려왔다. 개중에는 그딴 거 알까보냐, 하고 무시하는 목소리도 있었다.

그런데 보스로 보이는 고양이가 앞으로 한 걸음 나왔다. 다른 고양이들보다 몸집이 더 크다.

『넌 신기한 술법을 쓰면서까지 우리한테 말을 걸었다냥. 우리를 위하는 마음이 나름 있구냥.』

고양이가 그런 생각을 다 할 줄 아네…….

『맞아. 나도 너희들을 지키고 싶어. 조금만 신경을 써주면 안 될까? 예를 들어 상품을 훔치면 혼쭐이 날 테지만, 가게 앞에서 손님을 유인하면 점주도 좋아해줄지도 몰라.』

고양이의 강점은 귀여운 외모다.

고양이를 싫어하는 사람이 아닌 한 손버릇만 나쁘지 않다면 무자비하게 다루지는 않겠지.

『알겠다냥. 우리 구역에 속한 녀석들한테 말해두겠다냥.』

이 녀석들, 왠지 무슨 갱단 같네.

『그리고, 너, 내 새끼와 똑같은 냄새가 풍긴다냥.』

그 보스 고양이가 눈을 가늘게 떴다.

『내가 산책하다가 눈이 맞은 반려묘랑 정을 통하여 낳은 새끼다냥. 버려졌다는 소리를 들었는데 네가 거둬준 거구냥.』

이런 신기한 인연이 다 있구나!

『그 애는 책임을 지고 잘 키우고 있어.』

『알게 뭐냥. 나도 아버지의 얼굴 따윈 기억나지도 않는다냥. 내 새끼도 원하는 대로 살아가면 그뿐이다냥.』

하드 보일드한 발언(?)을 하고서 보스 고양이가 몸을 홱 돌렸다.

『뭐, 다른 구역의 고양이들한테도 인간에 대한 예절을 지키라고 말해두기는 하겠다냥. 들어먹을지는 잘 모르겠지만냥.』

저 녀석의 삶의 방식이 조금 멋있구나 싶었다.

나이트메어가 저런 뻔뻔한 녀석으로 성장할 것 같지는 않지만.

골목을 나와 대로로 돌아가니 메어리와 세룰리아가 기다리고 있었다.

"어땠어?"

"일단 잘 풀린 것 같아. 나이트메어의 아빠로 보이는 녀석이 보스였어."

"굉장해요! 사랑의 기적이에요!"

세룰리아가 흥분하며 말했지만, 메어리는 쿨하게 "흐응" 하고만 반응했다. 이게 메어리 나름의 미학(美學)이다. 어쩌면 고양이들의 미학과 비슷한지도 모르겠다.

"그럼 다음은 저쪽에 있는 고양이 집회소로 간다."

메어리가 벌써 저만치 걸어나가고 있었다.

"오늘밤 중에 많이 돌아다닐 거지?"

"응. 늦게 가면 집회가 해산될 테니까. 고양이는 기다려주질 않아."

메어리는 표정으로 내색하지 않는 표정으로 묵묵히 앞을 향해 나아갔다.

그녀의 뒷모습에 왠지 보스 고양이의 뒷모습이 겹쳐 보였다.

제
2
화

프란츠의 성인식

"어머, 그러고 보니 여보, 올해는 언제 고향으로 돌아갈 예정이신가요?"

어느 날 아침, 세룰리아가 차를 따라주면서 물었다.

참고로 메어리는 아직 일어나지 않았다.

누군가와 함께 있을 때는 원칙적으로 '여보'라는 호칭은 쓰지 않기로 되어 있다. 나와 세룰리아가 암묵적으로 정한 규칙이다.

반대로 말하자면 메어리가 깨지 않았으니 여보라고 호칭해도 된다는 뜻이다.

애써 조심하고는 있지만, 메어리는 이미 다 알고 있을지도…….

'형언할 수 없는 악몽의 창시자'는 기본적으로 다방면으로 능력이 뛰어나다. 직관력이나 추리력도 무서우리만치 날카롭다. 그러므로 굳이 숨겨야할 의미가 없다고도 할 수 있다.

그러나 메어리의 면전에서 '여보'라고 부르는 건 저기……, 그녀에게 나쁜 짓을 하는 것만 같은 기분이 들어서 삼가하고 있다. 그 부분은 성인으로서 대응하는 것이 옳다. 이른바 공공연한 비밀이라는 뜻이다.

"작년 이맘때에는 고향인 항구 마을로 돌아가셨었잖아요?"

"아아, 올해는 여름휴가를 늦췄어."

목매다는 늪을 정비하는 사업도 끝나고 8월에 접어들었다. 작년 이맘때였다면 라이트스톤으로 돌아갈 날을 기다리고 있었겠지.

"어째서죠? 혹시 아버님께서 바쁘셔서 댁에 안 계시는 건가요?"

세룰리아가 고개를 갸웃거렸다. 뭐, 이유를 모르겠지.

"그게 아냐. 참고로 오히려 아버지가 바빠서 집을 비우는 때를 알았다면 그때에 맞춰서 귀향했을지도……."

그 에로 영감과 여자를 절대로 만나게 하고 싶지 않다. 이제부터는 나 혼자서 고향으로 돌아갈까? 그러면 아버지 때문에 어머니가 발끈하여 기분이 상할 일도 없을 것 같고.

그러나 나 혼자서 돌아간다면 아버지가 노골적으로 의기소침해 할 테니 역시나 짜증이 치미는데…….

아버지의 말은 그냥 흘려들어도 무방하니 너무 신경 쓰지는 말자. 애당초 어째서 자식이 아버지 때문에, 더욱이 이런 시답잖은 이유 때문에 괴로워해야만 하는 거냐고.

"귀향 날짜를 늦춘 이유가 또 있어. 하지만 세룰리아한테 말하기가 좀 부끄러워서……."

"어머, 이른바 야시시한 얘기인가요?"

서큐버스라서 그런지 이야기의 방향을 그쪽으로 돌리려고 하네.

"아냐. 전혀 그런 쪽이 아냐. 내 입으로 말하자니 왠지 거들먹거리는 것 같아서……."

"대체 무슨 일이 있었던 걸까요? 으~음?"

세룰리아가 고개를 갸웃거리면서 벽에 걸린 달력을 확인

하기 시작했다.

별 내용이 적혀 있지 않을 텐데.

"8월에는 별일이 없는 것 같은데요. 9월에는 1일이 여보의 생일이죠?"

"바로 그거야! ……아니, 용케도 기억하고 있네, 세룰리아!"

작년에도 축하를 받긴 했지만, 직전까지 내가 말을 하지 않아서 집에서 세룰리아와 메어리와 함께 작은 케이크를 사서 아주 조촐하게 치렀다.

만약에 사장님이 알게 된다면 사원들을 모두 불러 모아서 대대적으로 축하 행사를 벌일지도 모른다. 물론 기쁘기야 할 테지만, 너무 민망해서 죽을 것 같다고 해야 할까……, 어쨌든 별 시답지 않은 이유로 축하를 받으면 마음이 편하지가 않다.

영업 활동을 해서 엄청난 건수를 물어오거나, 평가받을 만한 실적을 거두지 않는 한 회사 차원에서 축하해주는 건 삼가해주길 바란다.

그렇기에 세룰리아가 내 생일을 기억하고 있어서 의외였다.

작년에 상당히 가볍게 넘어갔고, 저 달력에도 아무 것도 적어놓지 않았으니 잊어버렸을 줄 알았다.

"생일이 9월에 있다는 것 정도는 기억하고 있을 수도 있겠다 싶긴 했는데 날짜까지 정확히 맞출 줄이야…….."

"후후후, 왜냐면 전 당신의 사역마거든요."

세룰리아가 곁으로 다가오더니 내 입술에 검지를 살짝

었었다.

"사랑하는 사람의 생일을 기억하는 건 당연해요. 제게도 소중한 날인걸요."

세룰리아가 왠지 요염하게 웃었다.

아침 일찍부터 이런 소리를 들으니 내 머리가 녹을 것만 같다…….

"출근하기 전에 그런 소리를 하면 어떡해……. 회사 가고 싶은 마음이 싹 사라지잖아……."

"그 말은 서큐버스한테 칭찬이나 마찬가지랍니다. 정 그러시다면 아침부터 현자 모드로 전환시켜둘까요?"

굳이 해석할 필요도 없겠지. 이거, 서큐버스적인 일을 하자는 의미네.

"아, 아니, 아침부터……."

"자자, 잘 먹었습니다. 8월은 역시나, 뜨겁구나. 철판 위에서 달궈지는 꿈을 꿨지 뭐야."

……우리 옆에 메어리가 서 있었다.

역시나 세룰리아도 이건 창피했는지 나에게서 펄쩍 물러났다. 날개가 있어서 그야말로 붕 떠올랐다.

나도 동시에 그녀에게서 떨어졌다. 엄청나게 부끄럽다!

"메어리, 있었니……. 참고로 언제부터?"

"세룰리아가 프란츠를 '여보'라고 불렀을 때부터 천장 무늬를 쳐다보고 있었지."

"무슨 어쌔신이냐!"

모든 걸 다 봐버려서 오히려 대담하게 굴 수 있을 듯했다.

"이제 이 소녀한테 숨긴답시고 몰래 '여보'라고 부르지 않아도 돼. 당당히 '여보'라고 부르는 편이 낫지 않나?"

역시나 메어리는 모든 걸 다 알고 있었던가…….

"으음……, 메어리 씨의 그 마음은 기쁩니다만, 공사를 혼동하는 건 옳지 않다고 해야 할까요, 상황에 맞춰 '여보' 와 '주인님'을 구분하는 편이 제게는 딱 알맞다고 생각해요. 그러니 앞으로도 두 호칭을 병용할까 하는데……."

세룰리아가 마치 사정청취를 받는 사람처럼 말했다. 그러나 무슨 말인지는 알겠다. 이런 건 하나로 통일하는 것이 더 껄끄럽기 마련이니까.

"좋아, 좋아. 마음대로 하라고. 둘이 서로 사랑하는 건 이 소녀도 처음 왔을 때부터 다 알고 있었으니까. 그나저나 아까 그 이야기 말인데."

메어리가 우리를 줄곧 지켜보고 있었기에 그 이야기가 뭘 가리키는 건지 잘 모르겠다.

"생일이 다가오는 것과 귀성 일자를 늦춘 것 사이에 어떤 관계가 있는 거지?"

맞다, 그거다. 그걸 설명해야만 했다.

그런데 알콩달콩하는 모습을 메어리에게 보이고 말았으니.

그걸 계속 추궁 받는 것보다는 낫긴 하다.

"올해 생일을 맞이하면 난…… 스무 살이 돼."

엄밀히 말해서 이것만으로는 이유가 되지 않으므로 보충 설명을 해야만 한다. 그러나 메어리와 세룰리아 모두 무슨 의미인지 짐작한 듯했다.

"이미 일을 하고 있고, 사회인이 되긴 했지만, 현재도 인간 세상에서는 스무 살을 성인의 기점으로 여기는 관념이 있어. 내 고향은 아니지만, 다른 지역에서는 스무 살을 맞이하는 해에 성인식을 치르는 곳도 있지."

이따금씩 어느 지역에서 갓 성인식을 치른 사람이 난동을 부렸다는 이야기도 들려오곤 하지……. 신문 같은 데에도 실리곤 한다. 아주 돈이 많더라도 나는 그런 짓은 도저히 못 하겠다.

"그래서 기왕이면 스무 살을 맞이하고 나서 어엿한 성인으로서 부모님을 뵈러 가는 편이 좋을 것 같아서……. 때마침 생일도 곧 다가오고 하니……."

아마도 내 얼굴이 새빨개져 있겠지. 거들먹거린다고 말해도 부정할 수 없다.

그러나 전혀 다른 반응이 돌아왔다.

세룰리아가 무슨 영문인지 눈물을 글썽이고 있다.

"멋진 이야기네요!"

"그렇게까지 감동할 만한 내용이었나……? 적어도 눈에 눈물이 맺힐 만한 내용은 아닌데……?"

그런데 무슨 영문인지 메어리까지 눈시울이 뜨거워졌다. 오히려 내가 소수파다.

"그런가……. 인간은 채 20년밖에 살지 않았는 데도 성인으로 취급하는구나……. 덧없는 목숨이네……. 불쌍해……."

"넌 그런 의미였냐!"

내 입장에서 보자면 세룰리아와 메어리는 정말 오래 산다. 장수하는 건 좋긴 하지만, 정규직을 찾지 못하면 살아가기가 꽤나 버거울 것 같은데……. 삼백 년 묵은 백수도 있으려나?

"뭐, 흑마법 중에 안티 에이징 마법도 있고, 프란츠의 성장하는 속도를 보아하니 장수할 수 있는 방법이 얼마든지 있을 것 같긴 하지만 말이야. 그 부분은 걱정하지 않아도 좋아."

메어리가 선뜻 다독여줬다.

우리 회사를 보면 외모와 나이는 거의 관계가 없긴 하지…….

"저 역시 여보가 언제나 건강하고 정력적이고 절륜하길 바라요!"

"세룰리아, 하반신을 쳐다보면서 말하지 말아주겠어……?"

중시하고 있는 부위가 한정적이다.

"어쨌든 프란츠의 마음은 알겠어. 그리고 모처럼 맞이하는 생일이나 축하 정도는 해줄까?"

메어리가 새침한 얼굴로 말했지만 반드시 축하해주겠지. 이런 상황에서는 으레 츤데레처럼 구니까.

"맞아요. 이 집에서 '생일 파티 겸 성인식'을 치르도록 하죠!"

세룰리아가 손뼉을 짝짝 쳤다.

"회사 직원 분들도 초대하면 되겠어요!"

역시나 그렇게 흘러가나…….

"대대적으로 축하를 받는 건 좀……. 게다가 싫어도 참가해야만 할 것 같은 분위기를 풍기면 회사 직원들한테도 민폐고……."

옛날에 나도 분위기에 휩쓸려 어쩔 수 없이 마법 학교 지인의 생일 축하 파티에 참가한 적이 있었다.

참고로 내 생일이 돌아왔을 때는 축하 파티를 열어주지 않았다…….

그런 때 리얼충 같은 녀석은 득을 보는구나 싶었다.

어지간히도 인기를 끌지 않는 한, 주변에서 생일 파티를 열어주자는 이야기가 나오지 않는다.

그렇다고 해서 내 입으로 몇 월 며칠이 생일이니 파티를 열어달라고 하기에는 용기가 너무 부족하다. 자기 자신을 대단히 사랑하지 않는 한 불가능하겠지…….

"그런 걱정은 하지 마. 다들 기꺼이 참석해줄 거야. 사장은 올 테지. 토토토도 술을 마실 수 있는 이벤트를 반길 테고. 파피스타냐도 순수한 마음으로 축하해줄걸?"

"그렇긴 하겠지만……. 특히 토토토 선배는 성격상 파티에 부르지 않으면 오히려 화를 낼지도……."

"게다가 이번에는 단순한 생일 파티가 아니랍니다. 성인식도 겸하고 있다구요. 평소에 신세를 졌던 분들께 성장한 모습을 보여주는 것도 중요하지 않을까요?"

"세룰리아의 말에 일리가 있어. 맞아, 성인식은 성인이 됐다고 축하만 받는 행사가 아냐. 오히려 성인으로서의 면모를 보여주는 자리이기도 해……."

실제로 내가 그때에 맞춰서 고향으로 돌아가려고 했던 이유도 그거였잖아?

그렇게 생각하니 파티를 열어서 초대하는 건 별개의 문제로 치더라도 모두에게 성인이 되었다고 보고해두는 편이 좋을 것 같긴 하네.

"그보다도 생일이 아직 남았지? 그럼 프란츠의 부모도 이리로 부르는 편이 낫지 않나?"

메어리가 제안하자 나는 난처한 표정을 지었다.

"아, 아아……, 그러네……. 하하하……."

나이스 아이디어라고 칭찬해주고 싶긴 하지만, 한편으로는 쓸데없는 소리라고 말해주고 싶기도 하다. 참 심경이 복잡하다.

메어리의 제안을 허심탄회하게 나이스 아이디어라고 칭찬해주지 못하는 스스로가 한심스럽다. 그 이유가 전적으로 나에게 있는 것은 아니지만.

"프란츠, 표정이 미묘하네. 가족한테 스무 살이 되었다고 보고하는 게 그리도 부끄럽나? 그냥 자연스럽게 굴면 되는데. 자의식 과잉 아냐?"

"아냐. 그 점은 문제없어."

이 둘은 내가 처해 있는 특수한 상황을 알지 못한다.

"모두가 다 있는 자리에 아버지를 초대하는 게 싫단 말이야!"

술에 취했다는 핑계로 여러 선배들한테 안겨들려고 하지 않을까? 그런 불상사가 벌어질 가능성이 농후하다!

새롭게 성인이 된 내 얼굴에 가차 없이 먹칠을 할 우려가 있다!

그래, 아버지가 자식 얼굴에 먹칠을 하는 경우가 있을 수 있는 거야!

만약에 그 일로 회사에 다니는 게 거북해진다면 나는 아버지를 저주하는 흑마법을 진지하게 배울 거다…….

"하하하, 프란츠, 아무리 그래도…………."

"야, 메어리! 거기서 입을 다물면 어떡하냐!"

엄청 염려하고 있지! 상당히 심각한 사태까지 염두에 두고 있잖아!

"어머머, 여차하면 마법으로 살짝 잠재우면 되는 일 아닌가요? 서 있는 게 어려울 정도로 쇠약하게 만들면 되는 거랍니다."

"세룰리아, 웃으면서 하는 얘기치고는 꽤나 가차 없네."

"그건 농담이고요. 어머님께서도 오신다면 만류해주실 거예요."

그런 수가 있었나.

오히려 아버지가 어머니의 손에 살해되지 않도록 주의해야 할지도.

"그럼 전 성인식 준비를 시작하겠습니다!"

"이 소녀도 손을 보탤까 한다. 프란츠를 베개처럼 껴안으며 신세를 지고 있으니."

이거, 나는 거들면 안 된다는 흐름이네.

나는 철저히 대접을 받아야만 하는 모양이다.

그래도 성인식은 평생에 딱 한 번뿐이니 두 사람에게 맡기도록 할까.

이 고마움은 내가 식사 당번일 때 호화로운 요리를 만들어주는 등 다른 형태로 보답하도록 하자.

그 뒤로 두 사람이 성인식에 관해 의논하는 광경을 전혀 보지 못했다.

내가 있는 앞에서는 아예 이야기를 꺼내려고 하지 않아서겠지. 그리고 남자가 들어갈 수 없는 곳에서는 둘이 무슨 이야기를 나눴는지 알 수 있을 턱이 없으니까. 예를 들어 욕실이라든가.

둘이서 함께 들어가는 날이 몇 번 있었으니 아마도 그때 의논을 했겠지.

◇

시간이 바람처럼 흘러가고 그렇게 내 생일이 찾아왔다.

지극히 평범한 평일이었기에 나는 출근하여 일을 했다.

그 누구도 축하 인사를 건네지 않았다.

퇴근할 때도 사장님조차 축하한다는 말을 하지 않았다.

아마도 깜짝 파티를 계획하고 있는 모양이다. 그러나 모두들 까먹은 게 아닌가, 하고 조금은 불안하다…….

"그럼 주인님, 이만 돌아가도록 할까요?"

세룰리아도 생일 이야기를 꺼내지 않았다. 설마 기억을 빼앗기는 자마법(紫魔法)에 걸리기라도 한 건 아니겠지……?

애당초 아침에 장식을 하거나, 파티를 준비하는 모습을 보지 못했다. 퇴근한 뒤에 준비하려고 하면 늦지 않나?

우와……. 나, 성인식을 무지 신경 쓰고 있네…….

차라리 파티를 열지 말걸, 하는 생각마저 하고 있다…….

그렇게 불안한 마음으로 집 문을 열고서 부엌에 들어갔다.

이미 과자와 술이 식탁에 차려져 있었다!

벽에는 '프란츠 성인식'이라는 간판이 걸려 있다!

"엇, 이런 걸 언제……?"

바로 그때 옆방에서 이 집의 식구가 아닌 사람이 나왔다.

"훗훗훗! 어때? 내가 다 해뒀어! 낮부터 유급 휴가라는 무기를 사용해서 말이지!"

토토토 선배가 의기양양하게 서 있었다.

"선배님! 근데…… 여전히 노출이 심하네요……."

천 면적이 너무 적다. 그에 비해 등에 화려한 날개 같은 게 달려 있고 말이야.

"그 날개는 뭔가요? 다크 엘프는 하늘을 못 날잖아요?"

"이건 남쪽 나라의 카니발용 의상이래. 축제이니까 적절하잖아?"

성인식은 엄밀히 말해서 축제가 아니지 않나? 하는 생각도 들긴 하지만, 뭐, 넓은 의미에서 보자면 같은 장르라고 할 수 있으려나.

뒤이어 메어리도 나왔다.

"사무 작업은 사전에 해뒀어. 곧 모두가 올 테니 각오해두라고."

메어리가 꿍꿍이가 있는 것처럼 웃었다. 이런 때, '모두'가 어느 범위까지를 가리키는 건지 아주 궁금하다.

마법 학교 동창들이 몰려오기라도 하면 곤란한데……. 역시 그렇게까지는 하지 않았으리라 믿고 싶다…….

"자, 취하기 전에 먼저 말해둘게. 프란츠 군, 생일 축하한다! 성인의 관문을 지났다는 느낌은 별로 안 들지도 모르겠지만, 어쨌든 축하해!"

토토토 선배가 웃으면서 손을 꽉 쥐었다.

"감사합니다……. 아직 새파란 햇병아리입니다만……."

"젊으니까 새파란 게 당연하지. 내가 스무 살이었을 때는…… 너무 옛날이라서 기억나질 않아……."

다크 엘프이니까……. 모두들 스무 살 시절은 아주 먼 과

거의 일이겠지.

그때 누군가가 집 문을 노크했다.

손님은 세룰리아가 맞이하기로 했는지 곧바로 움직였다.

안으로 들어온 사람은 케르케르 사장님과 파피스타냐 선배, 사무를 보는 무얀, 크루냐 씨, 그리고 상송스 선배와 레다 선배였다.

"여러분, 와주셔서 감사합니다!"

설마 이렇게 많이 모일 줄이야.

상송스 선배는 꽤 멀리서 왔을 테고.

"사원이 성인식을 맞이했으니 사장으로서 참석하는 게 인지상정이죠!"

사장님이 즐거워하며 꼬리를 흔들고 있다. 저 사람은 반드시 오리라 예상했다.

"생일 선물로 후배 군한테 흑마법이 기동되는 손수 뜬 스웨터를 증정."

파피스타냐 선배가 또 초절기교로 엄청난 물건을 만들어왔다.

"감사합니다. 잘 입도록 하겠습⋯⋯니다만, 디자인이 독특하네요⋯⋯."

배 부분에 눈알 같은 게 그려져 있어서 징그럽다.

"선배님, 집이 아주 훌륭해요!"

올해 채용된 신입 사원 무얀의 태도가 아직 풋풋하다.

"축하해! 프란츠 씨, 훌륭한 어른이 될 수 있도록 무럭무

럭 자라야 해~."

크루냐 씨가 수줍게 웃어보였다. 블랙기업에서 일하면서 입은 상처도 꽤 회복된 듯했다.

"오랜만. 뭘 좋아할지 헤아릴 만한 눈치가 없는지라 난 라이트스톤 근방에서 파는 과자를 사왔어."

상송스 선배가 가져온 과자 상자는 내가 동네에서 자주 먹었던 '쿠루미 과자점'에서 만든 것이었다.

"우와, 정겨워라! '쿠루미'에서 만든 과자야! 생일 때 부모님이 여기서 과자를 사오곤 하셨어요!"

"다행이야. 그쪽 사람들한테 물었더니 거기가 가장 유명하다고 하더라."

상송스 선배는 상쾌한 미남 미소를 지었다.

이건 아주 기쁜 깜짝 선물이다!

"본인은 떡갈나무로 만든 이 검을 증정하지. 수련할 때 쓰도록."

레다 선배에게는 목검을 넘겨받았다.

'근성'이라는 글자가 새겨져 있다.

"레다 선배님도 감사합니다! 근데 이 목검은 쓸 일이 거의 없을지도……."

"무슨 소리! 매일 휘두른다면 정신을 단련할 수 있을 터! 짜증 나는 녀석을 패주겠다는 심정으로 휘둘러라!"

"정신을 그런 식으로 단련하면 안 되지 않습니까!?"

역시나 하드한 인생을 살아온 레다 선배답다…….

"축제에 왔으니 우선은 한 잔씩~."

토토토 선배가 방문한 손님에게 술을 따라 나갔다.

이거, 손님들이 더 늘어날 것 같네…….

그 예상이 적중했다.

잠시 뒤 언데드 거베라와 바니타자르가 나란히 찾아왔다.

"이야~, 떠들썩하네~. 언데드이지만 가슴이 콩닥콩닥 뛰어~."

"응, 거베라는 신나게 놀 생각만 하라고."

언데드는 산 사람보다 인간관계를 쌓는 게 더 어려울 테니 이번 기회에 즐기고 가줬으면 좋겠다.

"이건 일해서 번 돈으로 산 과자. 흑마법사가 뭘 갖고 싶어 할지 알 수가 없어서 말이야~."

"아냐, 충분히 기뻐. 정말로 고마워."

겉치레 인사가 아니라 그 마음만으로도 기쁘다.

바로 그때 바니타자르가 슥 끼어들었다.

"축하해. 후후후, 선물로 어른용 장난감 종합세트를 갖고 왔어."

"그런 걸 대놓고 꺼내지 마! 여기 순진한 애도 있으니까!"

명백히 남들 앞에 꺼내기가 민망한 모양들이 잔뜩 있다!

거봐, 무양이 얼굴을 붉히고 있잖아!

뒤이어 늪 트롤 호와호와가 왔다.

"점장 마코리베는 올 수가 없었지만, 대신 축하한다고 전해달랬다 어흥어흥~."

"호와호와도 이렇게 시간을 내어 와줘서 고마워."

초면인 사람들이 많아서 호와호와가 긴장할 줄 알았는데 기우였다.

굳이 말하자면 호기심을 품고서 일단은 부딪쳐보는 유형이었다.

예를 들어 무얀에게 "넌 어떤 마족 어흥어흥?" 하고 물었다.

"아뇨, 전 인간 사무원인데요……?"

"사무? 사무는 무슨 마법 어흥?"

"아니에요. 사무란…… 으음…… 말로 설명하자니 의외로 어렵네요……."

사무원은 만능 심부름꾼이라는 인식이 있으니까…….

호와호와가 또 이쪽으로 다가왔다.

"프란츠한테 생일 선물 어흥~."

호와호와가 고른 선물은 대체 뭘까? 상상이 안 간다.

내 손에 놓인 것은 도토리였다.

갑자기 유아 시절 생일날로 되돌아간 것 같은 느낌이…….
그래도 이건 이것대로 흐뭇하네.

"고마워. 소중히 간직할게, 호와호와."

"그걸 심으면 엄청 멋들어진 나무가 자라난다. 시험해봐 어흥."

앗, 나름 짱짱한 도토리인 모양이네…….

"모두들~, 조은 바암~."

바로 그때 벌써부터 술에 취한 것처럼 흥이 실려 있는 목소리가 들려왔다.

뱀파이어 엔타야 선배가 비틀거리며 들어왔다.

"크으. 먼저 0차를 하고 왔더니 벌써 술에 취해버렸당……."

이 사람도 꽤나 민폐네…….

"뱀파이어라서 밤에 더 생생하단 말이야. 직업상 아침형 인간으로 꽤 개조했고, 햇볕을 쐬더라도 문제가 없도록 마법도 걸어두긴 했지만."

마법으로 그 부분도 개선할 수 있는 건가?

"프란츠 씨, 이따가 선물로 피를 줘요……. 햐햐햐……."

도리어 선물을 받을 생각이냐. 거나하게 취했네…….

"자자, 저쪽에서 쉬도록 하세요. 그보다도 여기에 온 의미가 없잖아……."

토토토 선배와 사장님이 부축해줬다. 모쪼록 잘 부탁드립니다.

아니, 그나저나 사람이 얼마나 더 오는 거니……. 쉴 새 없이 누군가가 오고 있다. 이제 실내가 북적거리기 시작하는데……. 역사상 최대의 인구 밀도다.

"오랜만~! 잘 지냈어?"

엔타야 선배가 온 지 3분 뒤에 세룰리아의 언니인 리디아 씨가 왔다.

"리디아 씨, 자기 자신을 찾는 일은 순조롭습니까?"

"그게 말이야, 아직 멀었어. 현재는 이 나라를 일주하며 여행하고 있어."

"그야말로 자기 자신을 찾는 여행을 하고 있는 중이네……."

"연락처를 알 수가 없어서 초대장을 보내는 데 애를 먹었어요."

세룰리아가 그렇게 말한 것으로 보아 정말로 여행을 하고 있나 보다.

늘 여기저기 돌아다니는 사람이긴 하지만, 언젠가 방황을 마치고서 정착할 날이 오겠지.

"앗, 프란츠 군, 이 공예품을 여행 선물로 줄게. 마귀를 쫓아준대."

리디아 씨가 얼굴이 이상하게 생긴 인형을 줬다.

"아니, 마족이 액막이 인형을 가져오면 어떡합니까……."

"적어도 내게는 안 통하던걸."

그럼 더더욱 불필요하네…….

"초대한 분들이 대강 다 모인 것 같네요."

세룰리아가 파티장을 둘러보고 있다. 오늘은 세룰리아와 메어리에게 맡겨두기만 하고 있다.

"으~음, 세룰리아, 프란츠의 라이벌이 아직 안 왔어."

메어리의 말을 듣고서 그게 누군지 금세 알아차렸다.

그런데 호랑이도 제 말 하면 온다더니…….

"훗훗훗! 내 라이벌이여, 케이크를 만들어왔다! 생일 파티를 축하할 수 있을 때 축하해두는 편이 좋을 거야!"

아리에노르가 찾아왔다.

파티용 의상인가? 어깨가 드러난 드레스를 입고 있다.

"근데…… 왜 순 여자들뿐이야! 이 인원으로 사바트라도 할 작정이야?!"

아리에노르가 새빨개진 얼굴로 이상한 소리를 했다.

"아냐, 아냐! 그건 아냐! 그리고 만약에 그런 일이 벌어진다면 나도 가만히 있지 않을 거고!"

"진짜? 그 말을 믿을 테니 그리 알아둬. 나 참, 터무니없는 파렴치라니까!"

"여자 비율이 높은 건 우연이야. 그리고 슬슬 다 온 것 같으니 걱정하지 않아도……."

문이 또, 열렸다.

이번에는 기숙사 식사 담당인 리자가 왔다.

속내를 말하자면 리자는 오지 않기를 바랐다……. 다른 기회에 보고하고 싶었다.

"프란츠 씨, 여자밖에 없네……. 그리고 저 다크 엘프는 속옷 차림인 것 같은데……. 언제부터 이런 인싸 날라리가 된 거야……?"

거봐, 오해를 샀잖아! 그야, 내가 반대 입장이었대도 그랬겠지만!

"그렇지 않아! 우연히 남녀 비율이 한쪽으로 쏠렸을 뿐이야! 남성 지인은 일 때문에 바빠서 오지 못했을 뿐이고!"

〈시골집〉 점장인 마코리베 씨가 바빠서 참석할 수가 없었다고 하니 꼭 틀린 말은 아니다!

"그리고 다크 엘프인 토토토 선배는 어디서든 저러고 다니는 사람이야. 자기 집에서는 홀딱 벗고 지내는 성격이라고요."

"기숙사에는 들일 수가 없는 유형이네."

분명 집단생활에는 부적합하다.

"그나저나 이렇게 둘러보니 장관이군요~. 양손의 꽃 정도는 내세우지도 못하겠네요~."

케르케르 사장님이 히죽 웃었다.

"사장님, 너무 놀리지 말아주십시오……."

"오랜만입니다!"

리자와 사장님이 인사를 나눴다.

그러고 보니 두 사람은 카페 친구 같은 관계였지.

"케르케르 씨, 프란츠 씨가 착실히 일하고 있습니까?"

기숙사 직원으로서 졸업생을 점검하고 있다…….

"그 점에 관해서는 이 실내를 둘러보면 알 수 있지 않을까 하는데."

사장님이 자신감을 갖고 말했다.

"글러먹은 인간을 위해서 사람들이 이렇게나 모일까요?"

사장님의 그 말에 지금껏 해왔던 고생이 모조리 보상받은 듯한 기분이었다.

응, 수많은 사람들의 지원을 받아오긴 했지만, 내가 이뤄낸 부분도 약간은 있다.

그 공은 가슴을 펴고서 자랑스러워하도록 하자.

무엇보다도 이곳에 와준 사람들은 내 재산이다.

그러나 좋은 분위기는 그리 오래 이어지지 않았다.

어떤 의미에서 오늘의 보스라고 할 수 있는 존재가 왔다.

부모님이 왔다.

두 분 모두 외출복으로 보이는 옷을 입고 있다. 어머니가 입고 있는 드레스가 조금 화려한 것 같긴 한데, 뭐, 그건 아무래도 좋다.

소개만이라도 얼른 해둘까…….

이것만은 자식인 내가 할 일이라고 할 수 있을 테니까.

"여러분, 제 아버지 코르타와 어머니 미루키……."

"프란츠, 이 부러운 자식! 폭발해버려라!"

소개하던 중에 아버지가 발끈했다! 더욱이 아주 창피한 방식으로 발끈했다!

아아…… 역시나 아버지를 부르지 말 걸 그랬나…….

"이봐! 자식이 스무 살 생일을 맞이했는데 폭발하라니 이상하잖아! 순순히 축하해! 그게 아버지로서의 도리라고!"

"바보 같은 놈! 부러우니까 부럽다고 하는 거지! 난 네 아버지이기 이전에 한 사람의 남자다! 이렇게나 아름다운 여성들한테 둘러싸여 있다니! 지금 자랑하냐? 인기 대폭발이라고 자랑하냐? 내게도 좀 나눠주세요! 부탁합니다! 진심으로 부탁합니다!"

"자식한테 절실하게 애원하지 마! 창피한 줄 알라고!"

"바보 같은 놈! 귀여운 아가씨와 알고 지낼 수 있다면 그 어떤 수치도 견뎌내 보이겠다! 구두를 핥으라면 핥아주마!"

이렇게까지 나오니 오히려 엄청 남자답다는 생각마저 들었다.

메어리는 떨어진 곳에서 엄청 웃고 있다. 나중에 무조건 놀림거리로 삼겠네…….

웃음을 산 건 그나마 낫다. 리자가 보내오는 경멸 어린 시선이 너무나 따갑다.

"케르케르 씨, 저런 아버지를 두고 몬스터 페어런츠라고 하는 건가요?"

"리자 씨, 그 단어는 몬스터처럼 퇴치하고 싶은 부모라는 뜻이 아닌 걸로 아는데요. 개성이 조금 남다른 것 같긴 합니다만."

사장님, 이건 그저 개성이라는 말로 설명할 수가 없습니다.

사장님도 쓴웃음을 짓고 있다. 사장님으로 하여금 저런 표정을 짓게 하다니 포텐셜이 제법이다.

……바로 그때 어머니의 몸이 재빠르게 움직였다.

"여보, 조용히."

어머니가 등 뒤에서 아버지의 목을 졸랐다.

"가능하다면 스무 시간 정도 조용히 있어주면 좋겠어요."

"꽥, 숨 막혀……."

아버지의 얼굴이 새파래졌다. 호흡을 할 수가 없는 모양이다.

"앗, 프란츠. 이 엄마가 말이지. 요즘에 동네에서 운영하는 문화강좌에 다니고 있거든. 과목명은 '누구나 할 수 있는 호신술'이란다."

"어머니, 웃으면서 말하니 무서운데요……. 그리고 호신술이라기보다 암살술 같아."

가문의 수치의 입을 틀어막아 명성을 지켜낸다는 의미에서는 호신술일지도 모르겠다.

"실은 프란츠 공의 자당께서 고도의 공격 기술을 강의해달라고 요청해서 본인 레다가 지도해주긴 했지."

레다 선배가 엄청난 소리를 했다.

"프로의 기술을 일반인한테 알려주면 어떡합니까."

"웬만한 무뢰한 네댓 명쯤은 자당 혼자서도 처부술 수 있겠지."

그건 주부가 보여줄 수 있는 스펙이 아니잖아.

그런 대화를 나누던 사이에 아버지가 실신해버렸다.

"좋아, 이제 됐네요."

어머니가 먼지를 털어내듯 손뼉을 가볍게 쳤다.

"어머니, 뭐가 좋다는 거예요?"

"이 사람을 내버려두면 절대로 성희롱을 절대로, 절대로 시도할 테니 사전에 기절시켜둘 수밖에 없었어. 이 엄마도 망설이긴 했지만 달리 방법이 없었단다."

"아니, 자당의 움직임에서 일말의 망설임도 느껴지지 않았다. 실력이 더욱 향상된 듯하군. 싸울 때는 설령 그 상대가 부모나 자식일지라도 사정을 봐줘서는 안 되는 법."

레다 선배, 그거 어머니를 거들어 주는 말이 맞나요? 오해만 더 키우는 것 같은데.

"어머님, 저쪽에 게스트룸이 있으니 아버님을 그쪽 침실에서 쉬게 해드리는 게 좋지 않을까 싶어요."

이내 세룰리아가 시의적절하게 제안했다. 참고로 게스트룸이란 메어리의 방 안쪽에 있는 공간을 말한다. 말끔하게 치워져있으니 게스트룸으로써 사용할 수 있다.

"어머머, 어머님이라니. 세룰리아 양, 정말로 고마워요."

어머니가 아주 환하게 웃었다.

"하루 빨리 손주를 봐서 할머니도 되고 싶네. 후후후~."

"이제 그만 말해요. 내가 난처해지니까……."

어머니는 여자 비율이 편중되어 있는 이 상황을 받아들인 듯하다. 이유는 손주의 얼굴을 보고 싶기 때문이겠지…….

어떤 시선이 느껴져 고개를 돌리니 아리에노르가 이쪽을 보고 있었다.

"윽, 프란츠. 넌 사역마랑 겨……, 결혼의 맹약을 맺을 작정인가……?"

그녀가 불안해하는 듯한 얼굴로 물었다.

이런 화제가 나올 위험이 있어서 부모님이 오는 것을 꺼렸던 것인데…….

"그건…… 사역마로서 세룰리아와 좋은 파트너로 지낼 수 있도록 관계를 맺으면 좋을 것 같다고 해야 할까……."

"걱정마지 마시길. 전 아리에노르 씨한테 정실 자리를 양보하겠어요."

세룰리아가 쾌활하게 말했다.

그러나 이번에는 왠지 시커먼 감정이 느껴졌다.

"서큐버스로서 주인님의 사랑을 한 몸에 받을 수 있는 능력이 있으니까요. 입장이나 형식에는 별로 구애받지 않는답니다."

그거, 아리에노르를 도발하는 것처럼 들리는데…….

나와의 관계가 예전보다 더 깊어져서인지 세룰리아가 다소 독점욕이 생긴 듯했다. 옛날이었다면 그런 발언을 하지 않았을 텐데.

"무슨……. 그런가? 모르코 숲의 카라일 가문 직계 혈통이자 〈레스토랑 아리에노르〉를 경영하고 있는 이 아리에노르한테 도전한 것인가……."

레스토랑 관련 문구가 추가돼서인지 왠지 정보가 방만해졌다.

"내 요리 기술이라면 그 어떤 남성의 위장도 사로잡을 수가 있는데? 서큐버스 따위가 이길 수 있을 것 같나?"

"윽! 그 방면은 분명 제가 불리하네요……."

사정을 모르는 사람의 시선에서는 농담을 주고받는 것처럼 비치겠지만, 본인들은 진심인 듯했다.

어머니가 아버지를 데려가던 발걸음을 멈추고서 몹시

기뻐했다.

"좋아, 좋아요. 여러분, 프란츠를 잘 부탁해요! 손주의 얼굴은 몇 명을 보든 질리지 않는답니다!"

얼른 아버지나 눕히고 와요…….

한때나마 남녀 성비가 조금 개선되었건만 남자 하나가 퇴장해버려서 이제 남자는 또 나 혼자뿐인가…….

아버지가 퇴장한 뒤에 나의 또 다른 가족이 다가왔다.

반려묘인 나이트메어다.

"냐~, 냐~."

"엇, 나이트메어, 나왔구나. 낯선 사람들이 많으니 무서워서 나오지 않을 줄 알았는데."

메어리가 나이트메어를 안아 올렸다.

고양이들 중에 낯을 가리는 녀석이 드물지는 않다. 집 안에서는 건방을 떨면서 낯선 사람이 방문하면 깜짝 놀라 숨어버리는 녀석도 있다.

하물며 이렇게 여럿이 모여 있으니 구석에 틀어박히더라도 이상한 일은 아니다.

실제로 지금껏 얼굴을 비추지 않은 이유는 경계했기 때문이겠지.

나이트메어는 메어리를 굉장히 잘 따라서 그녀가 통역해줬다.

"아아, 음식 냄새에 이끌려서 나온 거구나. 자자, 그럼 양념이 덜 된 고기를 조금 줄게."

응, 나이트메어도 파티에 참가시키자. 어쨌든 가족이니까.

"엇, 귀엽네. 안녕, 고양아, 상송스야."

"고양이, 귀엽다. 들개보다 귀엽다 어흥허흥."

"부럽다~. 학생 기숙사는 반려동물 금지라서 키울 수가 없는데~."

오오, 여자들의 시선이 일제히 나이트메어에게 꽂혀 있다!

역시나 고양이는 강하다. 오히려 오늘의 주인공인 내가 먹힐 듯하다…….

바로 그때 세룰리아가 내 곁으로 다가왔다.

"이로써 모두가 다 모였어요. 와주신 분들께 인사를 부탁드려요."

그렇구나. 인사말 같은 걸 해야 하는 건가.

"응. 긴장이 되긴 하지만 할 일은 해야지."

나는 방 전체를 둘러볼 수 있는 벽 쪽으로 이동했다.

모두의 시선이 자연스레 나에게로 쏠렸다.

"어~ 음……. 솔직히 이렇게나 많은 사람들이 와줄지 예상치 못해서 놀랐습니다. 이렇게 귀한 발걸음을 해주셔서 진심으로 감사합니다."

우선은 감사 인사부터 했다.

"오늘부로 저, 프란츠는 스무 살이 됐습니다. 제 고향에서는 특별한 나이로 여기지 않아서 딱히 행사 같은 걸 열지 않습니다만, 많은 지역에서 스무 살이 되면 정식으로 성인으로 인정해준다고 하네요. 그래서 그런 취지에서 오늘 모임을 열었습니다."

생각했던 것보다 긴장되지는 않았다. 다들 지인들이니까.

"2, 3년 전까지만 해도 전 제 인생이 어떻게 흘러갈지 전혀 상상할 수가 없었습니다. 공부는 나름 해오긴 했지만, 그걸 일터에서 어떻게 써먹게 될지, 애당초 어떤 직업을 가질지조차 목표를 정하지 못하고 있었습니다."

스스로도 이런 말이 나올 줄은 몰랐다.

이야기를 하다 보니 깨달았다.

구직 활동을 하던 당시에 나에게는 인생의 경로가 보이지 않았다. 이른바 계획이라는 게 없었다.

"돌이켜보니 백마법 회사에 취직하지 못하고 떨어진 것도 어찌 보면 당연하다고 생각합니다. 회사 측에서도 안달복달하기만 할 뿐 아무 것도 모르는 녀석임을 꿰뚫어봤겠죠."

마법 학교를 졸업하면 백마법 회사에 들어가야 한다. 그런 인식밖에 없었고, 그걸 의심한 적도 없었다.

본격적으로 인생 설계를 했던 녀석과 비교해 위태로웠다.

"제게는 이 일을 하고 싶다는 정열이 결여되어 있었습니다. 뭘 하고 싶은지 모른 채 구직 활동을 하는 것 자체가 목적이 돼버렸습니다. 지금에서야 알게 됐지만, 그때 전 터널 속에 있었던 거겠죠."

자조하는 내용이건만 내 표정은 해맑기만 하다.

이것은 어디까지나 과거 이야기이니까.

"하지만 우여곡절 끝에 네크로그란트 흑마법사(社)에 취직한 뒤로 전 정말로 수많은 것들을 배울 수가 있었습니다. 흑마법은 물론이고, 인간으로서 중요한 것도."

케르케르 사장님 쪽으로 시선을 돌렸다.

사장님이 생긋 웃고 있었다.

"아직 선배 분들의 발치에도 못 미칠지도 모르겠지만, 위대한 흑마법사가 될 수 있으면 좋겠습니다."

흑마법사치고 연설이 지나치게 성실한가?

그래도 뭐, 상관없겠지. 마음을 전하는 게 더욱 중요하다.

나는 사장님의 눈동자를 지그시 쳐다봤다.

어려보이지만 언제나 차분히 나를 지켜봐주는 사장님.

"사장님, 진심으로 감사드립니다!"

사장님이 고개를 살짝 끄덕였다.

"목표를 정하지 못하여 곤란해하는 젊은이가 있다면 손을 뻗어주는 것도 어른의 역할이에요. 전 그저 역할을 다했을 뿐입니다. 언젠가 프란츠 씨도 마찬가지로 곤경에 처한 젊은이를 도와주세요."

응, 좋은 회사란 그러한 선순환이 이루어지는 곳이다.

행복을 받았으니 이번에는 누군가를 행복하게 해준다.

"그리고 취직하고 나서 제가 마법 학교에서 배웠던 것이 무의미하지 않았다고 해야 할까요. 진지하게 노력한 것에 가치가 있다는 사실을 깨달을 수가 있었습니다. 재학 시절 전 요령이 나쁜 학생이었습니다. 하지만 고지식하지만 진득하게 쌓아온 것에도 의미가 있다는 걸 알게 됐습니다. 이

건 전부 네크로그란트 흑마법사 덕분입니다.”

“아뇨. 프란츠 씨가 진지하게 임해왔기 때문이에요. 그래서 가치를 찾아낼 수가 있었던 겁니다.”

“응. 후배 군은 착실히 잘 하고 있어.”

사장님뿐만 아니라 파피스타냐 선배에게도 칭찬을 받았다.

왠지 낯간지럽다…….

“흑마법사로서 문자 그대로 햇병아리이고, 한참 더 수련해야만 하겠지만, 오늘은 계기로 비약할 수 있으면 좋겠구나 싶습니다. 오늘 이렇게 와주셔서 감사합니다!”

고개를 깊이 숙였다.

박수 소리가 울렸다.

모두에게 박수를 받을 수 있는 인생을 살아와서 다행이다.

취직하고 나서 밟아온 내 인생은 분명 잘못되지 않았다. 그 덕분에 학생 시절 내 인생에도 의미가 생겼다.

이로써 할 말을 마쳤구나 싶었을 때 어머니가 앞으로 나왔다.

“프란츠. 스무 살 생일을 축하한다. 넌 훌륭하게 성장했단다. 요령이 나쁘다는 건 이 엄마도 잘 알았지만, 걱정은 하나도 하지 않았지. 네가 해왔던 노력은 널 배신하지 않았어. 앞으로도 그 자세로 노력해나가거라.”

어머니의 눈에 눈물이 맺혀 있었다. 조금이나마 효도를 한 걸까?

“응, 가슴을 당당하게 펼 수 있는 인생을 살아갈게.”

……바로 그때 쾅, 하고 문이 열렸다.

아버지가 서 있었다.

켁! 부활했다!

"이런 멋진 날에 쓰러져 있을 수야 없지!"

아아, 다행이다. 아들의 장한 모습을 보고 싶다는 의미겠지?

"나도 하렘을 유사 체험하고 싶다! 그 정도쯤은 죄도, 뭣도 아니니까!"

역시나 시답잖은 이유 때문이었냐!

"앗! 여보! 완전히 기절을 시켰을 텐데! 어째서?!"

"너의 기술은 완벽했다. 허나 내 욕망이 이겼다! 난 다시 일어섰다. 아니, 벌떡 섰다!"

이 부부는 대체 뭐야!

"굉장히 유니크한 가족이네. 풋……."

메어리가 입을 막으며 웃음을 참고 있었다.

인사말을 좋은 느낌으로 마무리 지을 작정이었건만 대형 사고가 터지고 말았다…….

"아버지도 가슴을 당당하게 펼 수 있는 인생을 살라고요!"

"아름다운 아가씨들을 좋아하는 게 뭐가 나쁘냐! 그건 인간으로서 지극히 보통 아니더냐! 난 가슴을 당당히 펴고서 예쁜 아가씨가 좋다고 말할 수 있다!"

그 뒤에 파티장에서 폭소가 터져나왔다.

역시나 아버지가 자식 얼굴에 먹칠을 하는구나. 아니,

아예 먹물 속으로 내던져진 듯한 기분이야!

그 뒤로 내 생일 겸 성인식은 매끄럽게 진행됐다.

그리고 사람들이 많이 모였기에 가능한 만남도 있었다.

예를 들어 신입 사원 무얀은 이 자리에서 처음으로 만난 사람들이 많아서 자기소개를 했다. 인간관계를 구축하는 자리로서도 이런 행사는 중요하네.

나는 리자와 잠시 대화를 했다.

"그 프란츠 씨가 난봉꾼이 됐을 줄이야. 기숙사 생활을 아는 사람으로서 믿기지가 않네."

"그 표현은 삼가해줘……."

딱 잘라 부정할 수 없긴 하지만.

"기숙사에서 지냈던 애들과 마법 학교 학생들의 졸업 후 동향을 소문으로 듣는데 말이야. 대개 법칙성이 있더라."

리자는 술에 그리 강하지 않아서 홀짝홀짝 마시고 있다.

"법칙성?"

"역시 말이지. 착실하게 걸어온 학생들이 미래에 성공하더라. 그야말로 프란츠 씨 같은 사람이 꿈을 움켜쥔다는 거지."

"그렇게 말해주니 나도 고맙네요."

"반대로 학창 시절 잘난 척하던 사람은 입사 초기부터 회사와 충돌하여 그만두기 일쑤였고. 실수를 지적받더라도 자존심이 세서 사과하지 않더래."

"그럴 수 있을지도……."

제아무리 학교에서 잘 나갔다고 해도 회사에 들어가면 말단에서 시작한다.

자신이 대단하다는 생각을 간직한 채로 회사 생활을 하면 위험할 듯하다…….

리자가 내 어깨를 퐁퐁 두드렸다.

"그래서 실은 프란츠 씨를 전혀 걱정하지 않았어. 언젠가 어떻게든 될 거라고 믿고 있었어. 앞으로도 그렇게 해나가는 거야!"

"감사합니다. 리자."

학창 시절의 나를 아는 사람이 말해주니 기쁨이 남다르다.

이윽고 차려진 요리의 양이 줄어들었다. 파티도 점점 파장 분위기가 되어 갔다.

이러니저러니 해도 부모님은 내가 신세를 졌던 사람들에게 인사를 해야만 하는 처지라서 한 사람씩 차례대로 대화를 나눴다. 다만 매번 아버지의 표정이 헤벌쭉해지는데 자제 좀 해줬으면 좋겠다.

"회사를 경영하고 있는 바니타자르입니다. 잘 부탁해요."

"회계 업무는 내게 맡겨주십시오! 미인한테는 50퍼센트 싸게 해드릴 테니까!"

이봐, 아버지, 그 가격에 남는 게 있긴 해……?

아버지를 제외한다면 기본적으로 썩 괜찮은 모임이었다고 생각한다.

그리고 고양이 나이트메어가 케르케르 사장님에게만은 전혀 마음을 열지 않는다는 묘한 사실도 발견했다.

"나이트메어, 하나도 안 무서워요! 이리 와주세요!"

"냥!"

나이트메어는 사장님에게서 도망쳐 호와호와에게 갔다. 호와호와가 딱히 귀여워해주는 것도 아니건만 그녀의 다리에 몸을 비벼대고 있다.

"어흥어흥. 간지럽다 어흥."

역시 사장님이 케르베로스라서 그런가……. 어디까지나 개의 일종이니까…….

밤 9시가 되자 집 앞에 마차가 도착했다.

"어머, 벌써 시간이 이렇게 됐네. 그럼 엄마랑 아빠는 왕도 여관에서 묵을 테니 이만 갈게."

마차도 미리 수배해둔 건가? 이런 부분까지 챙기다니 총무가 참 꼼꼼하다.

아버지는 술에 취한 여성들에게 접근할 수 없을까 기회를 노렸지만, 어머니가 강제로 끌고 갔다.

나도 모르는 사이에 호신술을 단련한 어머니도 그렇고, 그 공격을 받고도 태연하게 부활한 아버지도 그렇고 대체 뭐하는 작자들이야……. 부모님이 중년에 접어들고 나서 수수께끼의 신체 능력이 개화되지 않기를 바란다.

뒤이어 마차 여러 대가 도착했다.

아리에노르와 무얀, 그리고 거베라가 마차를 타고서 왕도로 향했다.

크루냐 씨는 다른 마차를 타고서 네크로그란트 흑마법사로 돌아갔다.

리자와 호와호와, 그리고 리디아 씨도 다음에 온 마차를 타고서 돌아갔다.

파피스타냐 선배와 상송스 선배, 레다 선배는 걸어서 돌아갔다. 밤길이 어둡긴 하지만 레다 선배가 있으니 절대로 안전하다. 오히려 밤마다 악인들을 퇴치하는 쪽이니까.

그렇게 10시께가 되니 인구 밀도가 꽤 줄어들었다.

식구들 이외에 남아 있는 사람은……

케르케르 사장님과 술에 취한 토토토 선배, 그리고 바니 타자르, 처음 왔을 때부터 꽤 취해 있었던 엔타야 선배.

엔타야 선배는 처음에 취했기 때문인지 시간이 지나 취기가 가신 지금은 오히려 차분해졌다.

"어라, 상당히 조용해졌네요. 9시에 파장을 하다니 아주 건전한 모임이에요."

중요한 모임에서 술에 취해버리는 사람이 종종 있긴 하지…….

"다들, 왜 이렇게 빨리 돌아갔어~. 더 즐기다가 가면 좋을 텐데~."

토토토 선배는 아직도 기분이 좋은가 보다. 참고로 천상호는 뜰에 세워져 있다. 거기서 잠을 잘 작정이겠지. 음주운전은 안 되지만 잠자리에 쓰는 건 아무 문제도 없다. 천상호는 일반 마차와 다르게 내부 공간이 꽤 넓다.

바니타자르는 무슨 생각을 하고 있는지 모르겠다.

이따금씩 간계를 꾸미곤 해서 되도록 그만 물러나줬으면 싶지만, 돌아가라는 말은 무례해서 차마 할 수가 없다.

지금은 케르케르 사장님과 담소를 나누고 있다. 오늘은 그렇게 위험하지 않으려나.

엔타야 선배는 토토토 선배와 대화를 즐기고 있다. 굳이 말하자면 술에 취한 토토토 선배와 어울려주고 있는 것 같은 느낌이다.

사람이 줄어들면서 자연스럽게 술자리스러운 분위기가 짙어진 듯하다.

그것도 괜찮긴 하지.

"빈 접시들을 가져가서 설거지를 할게. 이 정도는 내가 하게 해줘. 부탁합니다."

세룰리아가 축하받는 당사자이니 하지 않아도 된다고 했지만 그래도 내가 했다.

모임도 거의 끝나가는 분위기이니 가족으로서 이 정도는 하고 싶다.

더욱이 때마침 손님들끼리 수다를 떨고 있으니까.

내 성인식이라고 해서 손님들이 언제나 나와 대화를 나눠야만 한다는 규칙 따윈 없다.

나를 축하해주는 이벤트를 모두가 흥겹게 즐겨주고, 다양한 사람들이 이어지는 자리가 되었다면 그건 그것대로 기쁘다.

"저기, 욕조에 들어가실 분 있나요? 이 인원수라면 소파까지 동원하면 어떻게든 잠자리를 마련할 수 있을 것 같으니 묵고 가셔도 괜찮을 것 같아요."

나도 슬슬 손님 대접 모드로 들어가도록 하자.

모두들 선배이니 이러는 편이 마음이 편하다.

"예, 들어갈게요." (케르케르 사장님)

"우이~, 나도 들어가요~." (토토토 선배)

"들어가도록 할게." (바니타자르)

"그럼 저도 욕조를 잘 즐기도록 하겠습니다~." (엔타야 선배)

설마 전원이냐!

설마 이대로 밤을 새워가며 연회를 계속할 작정인가? 여기서 자기들끼리 신나게 노는 건 상관없지만, 나는 방에서 평범하게 잘 건데?

모두가 욕조에 몸을 담갔다가 나온 뒤 교대하듯 세룰리아와 메어리도 욕조에 갔다.

여태껏 아무도 돌아가지 않은 것으로 보아 진짜로 모두 밤을 새울 작정인가?

그래도 술을 마시며 밤을 지새울 작정은 아닌지 이제 아무도 술에 손을 대지 않았다.

욕조에 몸을 담갔다가 나와서 그런지 토토토 선배도 취기가 꽤 가셨다.

케르케르 사장님이라면 이런 때 '민폐가 될 것 같으니 슬슬 돌아가도록 하죠' 하고 말할 법도 한데, 뭐, 예외도 있는 법인가? 축제 같은 날이니까.

그러나 토토토 선배의 취기가 가셔서인지 그 뒤로는 술자리스러운 분위기가 풍기지 않았다.

"……그래서 보름달이 뜨는 날에 의식을 하는 게 가장 좋다고 생각해. 흑마법답기도 하고. 다크 엘프로서 그러는 편이 더 와닿아."

"당신은 분위기에 너무 휩쓸리네요. 그거, 보름달하고는 관계가 없어요. 엔타야 씨도 그렇게 생각하죠?"

"으~음……. 경우에 따라 다르다고 해야 할까요. 뱀파이어 세계에 달의 형태와 관련이 있는 의식도 있긴 해요. 굳이 말하자면 연중행사라는 의미가 강하긴 하지만."

토토토 선배, 바니타자르, 엔타야 선배가 몹시도 진지하게 이야기를 나누고 있다.

세 사람의 이야기를 들으면서 사장님이 이따금 고개를 끄덕였다.

선배들의 이야기를 듣는 것도 공부가 되겠거니 싶어서 귀를 기울였다.

이윽고 세룰리아와 메어리가 욕조에서 나왔다.

"자, 다음은 프란츠 차례야."

나를 위한 행사인데 내가 빠져도 될까 싶기는 하지만, 욕조 시간을 놓칠 수는 없으니 들어가도록 할까…….

스무 살이 되고 나서 처음으로 욕조에 몸을 담갔는데

아무 것도 달라진 게 없었다.

그야 그렇겠지. 성인식이란 구분을 짓는 날. 반대로 말하자면 그건 매일의 변화가 미비하다는 뜻이기도 하다. 설령 무언가가 달라졌다고 해도 의식하기 어렵겠지.

그렇기에 구분을 짓는 날을 뒀다고 할 수 있을 테니까.

느긋하게 몸을 담그고서 나서 나는 식당으로 돌아갔다.

손님들이 그 사이에 귀가하지 않았을까 예상하기도 했는데 전부 남아 있었다.

"프란츠 씨, 물이 괜찮았나요?"

"예, 사장님. 역시 집 욕조물에 몸을 담그니 심신이 차분해지네요."

내 집에서 하는 질문치고는 묘하네.

바로 그때 사장님과 다른 사람들이 서로를 쳐다보며 고개를 끄덕였다.

무언가를 확인하는 듯했다. 이쯤에서 자리를 파하자는 의미인가?

"그럼 슬슬 시간이 무르익었으니……."

역시나 끝을 내려는 거구나. 여러분, 늦게까지 함께 해줘서 감사합니다.

"……성인식답게 신고식을 치르도록 할까요?"

내 예상이 완전히 빗나갔다.

"뭔가요? 신고식이라니……."

방금 전까지와 분위기가 명백히 다르다. 더욱이 상황을

보아하니 모두들 이미 합의를 본 듯하다. 나만 상황을 파악하지 못하고 있다.

"프란츠 군, 한 마디로 말하자면 흑마법 계승식 같은 거야. 이런 중요한 날에 해야 할 일을 하면 흑마법사는 힘을 키울 수 있다고 해."

토토토 선배가 설명을 해주기는 했는데, 해야 할 일이라니?

흑마법 계승식 같다고 했으니 서큐버스적인 일을 뜻하는 건가…….

"어디까지나 이야기로 전해질 뿐 얼마나 의미가 있을지는 개인적으로는 의문이 들긴 하지만 말이야. 올바른 절차를 밟아나가면 날짜가 조금 틀어지더라도 효과가 있을 것 같긴 해. 중요한 건 준비를 착실히 해두고서 실수 없이 치르는 거야. 이런 날을 중시하는 이유는 운의 기운이 상승하기 때문이니까."

바니타자르의 말에 따르자면 꼭 오늘이 아니어도 상관없는 듯하다.

"그건 그렇다 치더라도 안 하고 넘어가는 것보다는 하는 편이 좋지 않을까 싶습니다. 모처럼 머릿수도 갖춰졌으니까~."

엔타야 선배가 마도서로 보이는 물건을 꺼내 책장을 넘겼다. 표지가 몹시 호화롭다. 아마도 마계의 서적인 듯하다.

"이걸 하도록 하죠. 마침 7인용이고 말이죠."

엔타야 선배가 펼친 쪽에는⋯⋯.

벌거벗은 마족 7명이 그렇고 그런 일을 벌이고 있는 삽화가 그려져 있었다⋯⋯.

"에에엥! 이런 걸 하려고 남았던 건가요!"

메어리가 창피한지 고개를 홱 돌렸다. 반대로 말하자면 의식하고 있다는 뜻이다.

"그래요~. 이른바 술자리를 마무리 짓는 행사라고 할 수 있을까요. 성인이 되었음을 확인하기 위해 가장 적합한 절차를 치르자는 겁니다."

엔타야 선배가 태연한 투로 말했다. 근데 상당히 얼토당토않은 말이거든요!

"규칙이 복잡하기도 하고, 많은 인원이 필요해서 현재 이 의식을 치르는 마족이 줄어들긴 했지만, 모처럼 찾아온 기회이니 한번 해보자는 얘기가 나왔습니다. 특히 엔타야 씨랑 바니가 의욕을 보이고 있어요."

사장님이 담담하게 보충 설명을 해줬다. 그러나 나는 담담하게 있을 수가 없다. 참고로 바니란 바니타자르를 가리킨다. 사장님과 바니타자르는 옛날부터 알고 지내온 지인이라고 해야 할까, 전우 같은 관계다.

"이 의식을 치르려면 성년을 맞이한 자보다 나이가 많은 사람이 6명이 필요해요. 게다가 모두 흑마법을 쓸 줄 알아야 합니다. 그리고 연장자 여섯이 평범한 인간이어서도 안 됩니다만, 그 부분도 충족됐네요. 이 수많은 조건들을 충족

할 수 있는 기회는 거의 없으니까, 이건 해버리죠! 하지 않으면 손해예요!"

예, 엔타야 선배의 말씀이 맞는다고 생각합니다. 평소에는 불가능합니다.

그런데 해도 되려나……?

"후후후, 괜찮은 악덕 연회가 될 것 같아. 이런 거, 마음에 들어."

바니타자르는 그렇겠지……. 변태이니까…….

"이 의식을 위해서 모두가 욕조에 몸을 담갔다가 나왔으니 여보도 그만 각오를 굳혀주세요 ♪"

이 대목에서 세룰리아가 '여보'라고 불렀다.

세룰리아 나름대로 나에게 기합을 불어넣어 주려고 했겠지.

"우려할 점을 하나 꼽자면 의식의 주인공인 프란츠 씨의 체력일 텐데, 스무 살이니 6 곱하기 3 해서 18번 정도는 괜찮겠죠? 오늘은 나도 피를 빨지 않았으니."

엔타야 선배가 멍한 얼굴로 물었다.

"아니, 상당히 충격적인 숫자인데요!"

"6이 나란히 3개가 있으면 6·6·6. 아주 재수가 좋아요."

"뭐, 그 부분은 맡겨둬. 빠르게 회복시킬 자신이 있어."

바니타자르가 요염하게 웃었다. 이봐이봐, 뭘 할 작정이야? 그런 흑마법이라도 있나……?

"여보…… 진정한 어른이 되도록 하죠."

세룰리아가 부끄러워하면서 말했다.

이렇게까지 말하니 나도 이제 물러날 수가 없다.

"알겠어⋯⋯. 할게⋯⋯."

그 뒤에 나는 내 방으로 옮겨졌다.

나는 침대에 거의 누워만 있으면 된다고 하니 그 점은 고맙다. 흑마법 계승식처럼 기억해둬야만 하는 것은 없다.

더욱이 요점은 책에 적혀 있지 않고 구전으로 전해지는 듯하다. 그래서야 금세 사라질 것 같지만, 마족은 장수하니 의식을 아는 녀석이 꽤 남아 있는 듯하다.

다만 도중에 각자 들은 방식이 달라서인지 멤버들 사이에서 여러 번 언쟁이 벌어졌다⋯⋯.

"그 부분의 순서가 반대예요. 뱀파이어로서 납득할 수 없습니다."

"다크 엘프는 이렇게 하는 편이 더 자연스럽다고."

"두 분 모두 싸움은 좋지 않아요. 그럼 이 부분은 엔타야 씨의 방식으로 하도록 하죠. 다음에 또 언쟁이 벌어진다면 토토토 씨의 방식을 따르기로 하고."

이런 건 세월이 흐르면 자연스럽게 유파 같은 게 생기면서 점점 분화되어 가는구나⋯⋯. 이야기를 들은 쪽도 원전과 일치하는지 검증을 할 수가 없으니 말 전달 게임처럼 점점 왜곡되어가는 거겠지.

그러니 책에 적지 못할 정도이니 나 역시 구체적인 내용은 굳이 머릿속에 담아두지 않도록 하자. 나는 마족이 아니니까…….

특징을 꼽자면 여섯 사람의 순서가 정해져 있다는 사실 정도? 그리고 첫 번째 주기 때는 내가 눈가리개를 하고, 두 번째 주기 때는 눈가리개를 푼다는 것.

그런데…… 분명히 말해두자면 엄청 피곤해서 기억이 몽롱하다…….

이미 쾌락과는 동떨어진 피곤한 작업이었다. 그야말로 의식(儀式)이라고 할 만하다.

나는 기진맥진해져 잠에 빠져들었다.

◇

이튿날 메어리가 나를 깨웠다.

"프란츠, 욕조에 들어가지 그래? 이제 슬슬 들어가지 않으면 출근 시간이 빠듯해질 거야."

"어, 아, 응……."

메어리는 벌써 옷을 입고 있었다. 침대에는 나밖에 없었다.

"그, 그건 어디까지나 특별한 의식이라서 한 거야……. 이 소녀는 그런 걸 별로 좋아하질 않으니까……."

메어리가 얼굴을 계속 돌리고 있다. 그 반응이 당연하다고 생각한다.

"응……, 그렇겠지. 둘이서 하는 게 더 좋겠지."

"따, 딱히 둘이서 그런 걸 하고 싶다는 뜻이 아니라고! 프란츠는 변태!"

메어리에게 혼이 나고 말았다. 앞으로는 발언에 주의하도록 하자.

이미 식당에서 모두가 아침을 먹고 있었다.

"아, 프란츠 씨, 좋은 아침입니다. 사장으로서 앞으로도 기대할게요!"

"프란츠 군, 어제는 즐거웠어. 다음에 또 천상호를 타고서 드라이브라도 하자."

"오랜만에 즐거웠어요. 다음에는 둘이서 즐기도록 하지요. 후후후……."

"고생했습니다. 뱀파이어이긴 하지만 이른 아침에 먹는 밥도 괜찮네요~."

모두들 건강하네, 정말로……. 역시나 마족은 굉장하다. 기본적인 체력이 인간과는 다르다.

그때 세룰리아가 목욕수건과 갈아입을 옷을 챙겨가지고 왔다.

"자요, 목욕물이 준비되어 있어요. 느긋하게 땀을 씻고서 나오세요♪"

"응, 고마워, 세룰리아……."

흑마법이라고 해야 할지, 마족의 성인식은 정말 힘든 일이구나…….

그리고 아버지에게는 절대로 말하지 말자. 진심으로 죽으라고 저주할 것 같으니까…….

　욕조에 몸을 담갔다. 기분 때문인지 어제보다 더 성장한 것 같은 기분이 드는 것 같기도 하다.

　……그런데 곧 출근을 해야 한다니 벌써부터 지치네.

　그날은 마치 야근을 하고서 바로 출근한 사람처럼 하루 종일 피곤했습니다.

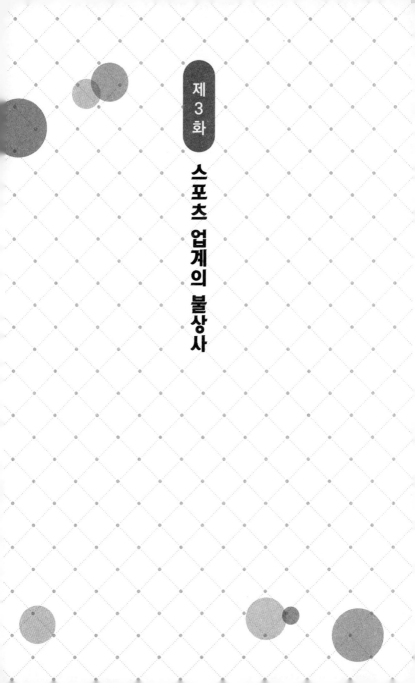

제
3
화

스포츠 업계의 불상사

"우와, 또 불상사가 터졌어. 용케도 질리지 않고 이런 일을 벌이는구나."

메어리가 신문을 읽으면서 기가 막힌다는 표정을 지었다.

아이가 어른인 척 행동하는 것 같지만 그건 겉모습의 문제일 뿐. 메어리는 명실상부한 성인이다.

"응? 불상사라니 어느 분야야? 정치?"

"음~음."

메어리가 고개를 가로저었다. 역시나 몸짓은 어린애 같다.

"스포츠야. 스포츠. 쓰로우볼 팀 안에서 집단 괴롭힘이 벌어졌는데, 팀이 협회에 줄곧 보고를 하지 않았대. 다시 말해 은폐하려고 했다는 거지."

쓰로우볼이란 공을 던지고 던져서 상대 팀의 골대 안에 넣는 스포츠다.

공을 들고서 걸어갈 수 있는 걸음 수가 정해져 있어서 여하튼 공을 던져서 넘기는 전개만이 펼쳐진다. 명칭도 그런 특징에서 비롯되었다.

다소 시시해 보이지만, 나름 뜨거……운 모양이다. 스포츠에 그다지 정통하지 않아서 관전한 적은 없지만, 마법 학교 체육 수업 때 해본 적이 있어서 규칙은 안다.

"요즘에 스포츠계에서 불상사가 연달아 터지고 있네. 왜 이 지경이 된 거지?"

"글쎄? 우연이지 않을까?"

내가 건성으로 대답해서인지 메어리가 뾰로통한 얼굴로

신문을 탁자에 내려뒀다.

"프란츠, 대답이 너무 적당한 거 아냐? 이 소녀의 얘기를
제대로 들으라고."

"미안, 미안……. 근데 말이야. 불상사가 자주 일어나는
이유가 금세 떠오르질 않아서……. 정말로 그저 우연이었
던 게 아닐까? 혹은 스포츠는 기삿거리로서 가치가 높아서
신문에 자주 실린 걸지도 모르고."

신문에는 사람들이 나름 흥미를 느끼는 기사가 실리는 법
이니까.

예를 들어 절도 사건은 매일 어딘가에서 벌어질 테지만,
동화 5닢을 도난당했다는 자질구레한 사건은 신문에 실리
지 않는다.

아무도 알고 싶어 하지 않는 것은 정보로서 가치가 없다.

"스포츠계에 문제가 생기면 궁금해서 읽어보려는 사람도
많겠지. 그래서 신문이나 잡지에 자주 실리게 되고, 그 결과
불상사가 자주 터지는 것 같은 착각을 느끼는 거지. 어때?
그리 나쁜 추리는 아닌 것 같은데."

"그야, 뉴스로서 가치가 있다는 프란츠의 말이 맞을지
도 몰라. 그래도 요즘 들어 늘어난 것 같은 기분이 든단
말이야."

"요즘이라니, 스포츠계의 과거 동향 같은 걸 메어리가 알
리가……."

그러나 메어리의 지적이 예리할 때가 많으니 기분 탓이라

고 치부할 수만은 없다.

"뭐, 어차피 스포츠는 우리 업무와는 아무런 관계가 없긴 하지만."

메어리가 하품을 했다.

응, 그 말이 맞다.

"스포츠랑 마법은 거의 연관이 없는걸."

대부분의 스포츠는 규칙상 마법을 사용하는 것이 금지되어 있다.

예를 들어 쓰로우볼 시합 중에 하늘을 날 수 있다면 공을 든 채로 단숨에 적의 골대로 간단히 갈 수가 있다.

그리고 공에 화염을 둘러서 던진다면 그 누구도 받아낼 수가 없겠지.

그럼 게임이 불공평해진다.

누구나 마법을 사용할 수 있는 세계라면 상황이 바뀔지도 모르겠지만, 마법사는 결코 다수파가 아니다.

더욱이 마법사는 학생 시절에 마법을 공부하는 데 시간을 써야만 하므로 스포츠를 본격적으로 하기가 어렵다.

그러므로 프로 스포츠 선수 중에 마법을 쓸 수 있는 사람은 거의 없다.

마법 학교에도 동아리 활동이 있고 스포츠도 포함되어 있긴 하다. 그러나 동아리에서 활동하는 녀석에게는 미안한 소리지만, 프로를 지망하는 사람의 눈에는 놀이의 연장선으로 비치겠지.

그러니 스포츠와 마법 업계는 얽힐 수가 없는 세계다.

……그렇게 생각했는데 얽히게 됐다.

◇

그날 출근을 했더니 케르케르 사장님이 "맡아줬으면 하는 일이 있어요" 하고 말했다.

"물론 사원이니 사장님께서 부탁한 일이라면 맡아야죠. 근데 어떤 업무입니까?"

"그게 말이죠……."

사장님이 머리를 긁적였다. 뭔가 난처한 일이라도 있는 듯하다.

"프란츠 씨, 쓰로우볼을 아나요?"

"알고는 있습니다만, 잘 하지는 못하는데요……. 해본 적이 있어서 규칙 정도는 압니다."

왜 이 대목에서 쓰로우볼이 나오는 거야?

"아, 그 정도면 충분합니다! 저랑 함께 일을 해줬으면 해요! 저, 그 스포츠에 관해 전혀 몰라서 아는 사람이 같이 있어줬으면 싶어서……."

사장님의 뒤에 있던 사역마 게르게르가 말했다.

"사장님은 들판에서 내게 공을 던져서 가져오도록 시키는 것 말고는 경험이 없다멍."

그런 때는 반려견처럼 취급하네…….

"저기, 그래서 무슨 업무입니까……?"

다른 회사의 높으신 분들을 모시고서 쓰로우볼 경기로 접대를 하려는 건가?

"오늘 의뢰인께서 이곳에 오시기로 되어 있으니 그때 무슨 업무인지 자세히 들을 수 있을 거예요."

그리하여 정체 모를 업무를 사장님과 함께 하기로 했다.

"세룰리아 씨는 미안하지만 눈에 띄어서 이번 업무에는 적합하지 않아요. 그러니 메어리 씨를 보조해줄 수 있을까요?"

"예, 알겠습니다. 주인님도 열심히 해주세요!"

세룰리아가 웃으며 대답하고서 나에게서 멀어졌다. 분명 서큐버스가 곁에 있으면 엄청 눈에 띈다. 나는 함께 살고 있는지라 감각이 꽤 마비되긴 했지만.

이윽고 의뢰인이 네크로그란트 흑마법사를 찾아왔다.

그 남성 의뢰인을 처음 보고서 느낀 감상은…… '엄청난 덩치'라는 것이었다…….

실례가 될지도 모르니 입 밖으로 꺼내지는 않았지만, 누구나 그 사람을 본다면 그렇게 생각하겠지. 나보다 머리 하나 이상 더 크다. 그 머리 스타일은 이른바 스포츠형.

체격도 좋다. 팔과 다리 모두 튼실해서 마치 갑옷을 입고 있는 것처럼 느껴졌다.

"쓰로우볼 1부 리그팀, 타이탄즈에 소속되어 있는 반즈라고 합니다."

쓰로우볼 선수가 의뢰인이었어!

"우와, 몸집이 크네요. 팔뚝 좀 만져 봐도 될까요?"

사장님이 천진난만하게 이상한 부탁을 했다.

"아, 예, 자……."

선수도 의외로 기뻐하는 눈치네. 남자가 아니라 케르케르 사장님이 만지는 거라서 그렇겠지.

"저기, 그래서 무슨 용건으로 오셨습니까?"

사장님이 선수의 팔을 만지는 사이에 내가 질문했다.

"예, 실은…… 어느 팀이 마법으로 도핑을 하고 있다는 의혹이 있는데……."

반즈 씨가 눈치를 살피듯 작은 목소리로 말했다.

도핑이라는 표현을 쓴 것으로 보아 신체 능력을 높이는 등의 마법을 사용했나 보다. 공이나 코트를 얼려버리는 마법을 썼다가는 금세 탄로가 날 테니.

"도핑을 하고 있다는 증거를 포착해 주십시오. 군소리 없이 인정할 수 있을 만한 확실한 증거를."

과연. 스포츠에서 금지되어 있는 마법을 사용했는지 확인해달라는 건가?

의도는 알겠다. 적 팀이 그런 짓을 했다면 명백한 반칙이다.

그런데 부자연스러운 점이 있었다.

"그거, 협회에다가 조사를 부탁하면 되는 거 아닙니까?"

나는 반즈 씨에게 솔직하게 물었다.

우리는 어디까지나 흑마법을 중심으로 활동하는 일개 기업에 불과하다.

리그 전체와 관련이 있는 사안이라면 우선은 쓰로우볼 협회에 고발하든가, 조사를 부탁하는 게 먼저 아닐까?

그런데 반즈 씨가 쓴웃음을 짓고서 고개를 떨궜다.

그리고 이제 사장님도 팔을 만지던 손을 떼고서 자리로 돌아왔다.

"협회에 말해본들 조사를 해줄 리가 없습니다. 어차피 은폐할 겁니다."

반즈 씨의 표정에서 체념과 비슷한 감정이 감돌았다.

"저기, 실례입니다만, 왜 그렇게 생각합니까……?"

너무 파고드는지도 모르겠지만 반즈 씨가 왜 그렇게까지 협회를 못 미더워하는 건지 궁금했다.

"간단합니다. 이건 쓰로우볼 전체가 얽힌 '불상사'입니다. 불상사를 공표해봤자 협회에는 아무런 이득이 없으니까요. 손해만 보는 일에 전력으로 임할 리가 없습니다."

논리적으로 앞뒤가 맞는 것처럼 느껴졌다.

그러나 금세 또 다른 의문이 들었다.

"하지만 쓰로우볼 협회는 쓰로우볼의 문제를 해결하는 것도 업무일 텐데요……. 불상사에 대처하는 것 역시 본분이라고 생각합니다만……."

불리하니 숨기겠다? 그런 협회는 차라리 없는 게 더 낫지 않나?

그러자 반즈 씨가 또 쓴웃음을 지었다.

"정론입니다. 가슴이 따끔할 정도로 옳은 소리입니다. 협회 녀석들한테도 들려주고 싶군요. 협회도 겉으로는 그런 명목을 내세우며 운영되고 있습니다. 다만……."

반즈 씨가 머리에 손을 대고서 한숨을 내쉬었다.

체격이 좋은데도 그 모습은 약하게만 보였다.

"협회는 좋은 성적을 남기고서 은퇴한 선수들로 구성되어 있습니다. 쓰로우볼의 가치를 깎을 만한 짓은 절대로 하지 않습니다. 적어도 숨길 수 있는 동안에는 최대한 숨기려고 들겠죠."

"앗, 그렇구나! 조사를 하는 쪽과 조사를 받는 쪽이 동일하군요!"

범인에게 본인이 범인이라는 증거를 제출하라고 요구한들 내놓을 리가 없다.

이런 조사는 이해관계가 없는 제삼자가 참가하지 않으면 안 되는데…….

"어떤 스포츠 업계든 우수한 성적을 거뒀던 분이 협회 위원 등 높은 자리를 맡는 경우가 많죠. 이래서야 업계의 문제를 해결하기가 꽤 어렵다고 생각합니다."

사장님도 스포츠의 규칙은 잘 모르더라도 업계의 구조는 파악하고 있는 듯하다.

"듣고 보니 협회 위원은 대개 그 스포츠에서 활약했던 사람이 은퇴한 뒤에 옮겨가는 자리였구나…….."

공정을 기하기 위해서는 그 스포츠에 아무런 관심도 없는 사람에게 맡겨야만 할 테지만, 애당초 아무런 관심도 없는 사람이 위원이 될 수 있을 리가 없다.

아무리 못해도 해당 스포츠를 아주 잘 아는 지식인쯤은 되어야겠지.

그러나 대개 그런 사람은 널리 알려져 있으니 뒤에서 얼마든지 매수할 수 있을 것 같네.

애당초 업계에 손해를 끼칠 만한 녀석을 위원으로 위촉하지 않으면 될 일이고.

"그럼 감사 기능이 거의 없는 것이나 마찬가지잖아……."

반즈 씨가 네크로그란트 흑마법사에 달려온 진의를 드디어 알았다.

이 사람은 우리가 스포츠와 관련이 없기 때문에 찾아온 것이다.

쓰로우볼과 밀접한 관련이 있는 회사나 단체에게 부탁한다면 은폐할 가능성이 높아진다.

"전 정정당당하게 제 실력만으로 싸워왔습니다. 그런데 도핑을 하고 있는 녀석한테 패배하는 건 납득할 수가 없습니다!"

반즈 씨의 목소리가 커졌다.

"물론 도핑 의혹이 불식된다면 패배를 떨쳐내지 못하는 제 마음의 문제이니 말끔히 잊어버릴 수가 있을 겁니다. 이 답답한 응어리를 하루 빨리 풀고 싶습니다!"

반즈 씨가 계속해서 말했다.

"요즘에는 도핑 마법이 자꾸 신경이 쓰여서 플레이에까지 영향이 생기기 시작했습니다. 결론을 확실히 내고 싶습니다. 도핑은 없었다는 결론이 나올지라도 전 플레이에 온전히 집중할 수 있을 겁니다!"

아아, 그렇구나!

스포츠는 신체가 자본이긴 하지만, 마음……, 정신 역시 굉장히 중요하다.

약간의 반응이나 움직임에도 게임은 크게 좌우된다. 그것을 형태로 만드는 것이 마음이다.

그러니 조사를 벌여서 답을 내놓는 것 자체가 반즈 씨에게 이익이 된다.

케르케르 사장님이 손을 뻗어 반즈 씨의 손을 쥐었다.

"잘 알겠습니다. 이 의뢰를 수락하도록 하겠습니다."

"감사합니다."

반즈 씨도 안도한 듯했다. 사장님이 곤경에 처한 사람을 못 본 척 할 리가 없다.

"그나저나 손이 참 크네요. 제 손의 곱절은 되는 것 같은데요?"

사장님, 반즈 씨에게 너무 흥미를 보이시는 거 아닌지…….

◇

그리하여 나는 사장님과 함께 도핑 의혹이 있는 팀을 조사하게 되었다.

흑마법 회사가 대놓고 가서 도핑조사를 하게 해달라고 부탁해봤자 문전박대를 당할 게 뻔할 테니 우리가 알아서 조사해야만 한다.

어떻게 할 거냐면 시합장에 가면 된다.

왕도의 성벽 도시 외곽에 돌출되어 있는 외성(外城) 스타디움.

매년 다양한 스포츠뿐만 아니라 아이돌 콘서트까지 열리는 회장이다.

우리는 그 스타디움의 맨 앞 좌석에 앉아 있었다.

사장님의 허벅지 위에는 오르골처럼 생긴 상자가 놓여 있다.

"이거 마력이 발생하는지 측정하는 아티팩트죠? 마법 학교에서도 본 적이 있습니다."

마법 중에는 사용했는지 어떤지 금세 알아차리기 어려운 것도 있다.

예를 들어 기분을 은근히 고조시키는 마법 같은 건 눈으로 보고서 알아낼 수 있을 리가 없다.

그런 마법을 쓰는 시험을 치를 때 이런 아티팩트가 활약한다.

"그렇죠. 원리는 거의 다르지 않아요. 다만 마법 학교에 있는 물건과 비교해 정밀도가 전혀 다릅니다. 가격도 스무

배 정도 다를 걸요."

사장님이 선뜻 말했다. 대체 얼마나 나가는 거야…….

"정가는 은화 500닢입니다. 게다가 옛날 물건이니 현재 시세로 따지면 은화 650닢은 족히 나가지 않을까 싶네요."

그 가격에 나는 침을 꿀꺽 삼켰다.

"그거 소중히 다뤄야만 하겠군요……."

내 보너스를 포함한 연봉보다도 더 비싸려나……. 아니, 근무한 지 1, 2년 만에 연봉으로 은화 650닢을 받는 게 더 이상하긴 하지만.

"회사 비품 중에는 값이 나가는 것들이 많아요. 거의 쓸 일이 없다고 해서 구비해놓지 않을 수는 없습니다. 크으, 옛날에 참 힘들었었지~."

회사를 세우는 건 정말로 어렵구나…….

사장님과 그런 대화를 나누고 있으니 시합이 시작됐다.

대전하는 두 팀 중 하나는 도핑 의혹이 있는 유니콘즈다.

초반에는 두 팀 모두 탐색전을 벌일 요량인지 거의 공격하지 않았다.

"수비에 만전을 기하는 느낌이군요."

"처음에는 자기 진영에만 아군이 있으니까요. 패스해서 공격을 하려야 할 수가 없습니다. 동료들이 적 진영으로 들어가지 않으면 패스하여 공격할 수가 없으니."

"오호, 역시 프란츠 씨는 잘 아는군요!"

지극히 초보적인 설명이었지만, 흥미가 없는 사람은 스포츠를 아예 모르니까.

사장님은 흥미가 없었겠지. 무언가 계기가 없는 한 규칙을 외우거나 직접 해볼 생각을 안 할 테니까.

그런 점에서 마법 학교의 수업에 감사하고 있다. 개중에는 마법 수업에만 치중하여 체육 수업을 하지 않는 마법 학교도 있다고 한다. 설마 마법 학교도 수업 시간 때 가르친 쓰로우 볼이 업무에 도움이 되리라 예상하지는 못했을 테지만.

그리고 나는 반쯤 일을 잊고 있었다.

두 눈으로 직접 보니 역시 스포츠는 재밌어!

선수들의 롱패스를 보니 어떻게 하면 그렇게 멀리까지 던질 수 있을지 절로 궁금해진다.

숨을 쉴 새도 주지 않고 연달아 이어지는 짧은 패스도 마찬가지.

"오오! 가라! 바로 거기야!"

"프란츠 씨, 우린 어디까지나 일을 하러 온 거예요~."

사장님의 말을 듣고서 내가 일어서서 응원까지 하고 있음을 깨달았다…….

"죄송합니다……. 그만 흥분해버려서…….."

"아뇨, 시합을 즐기는 건 문제가 없어요. 적어도 그만큼 프란츠 씨를 뜨겁게 만들 정도로 훌륭한 시합이라는 건 알았으니까."

과연. 사장님처럼 스포츠를 모르는 사람은 어느 시점에 경기가 고조되는지도 모르겠구나.

시합은 유니콘즈의 대전 상대인 그리폰즈가 우세를 유지한 채로 전반전이 끝났다.

"전반전 때는 반응이 없었네요."

사장님이 무릎 위에 있는 상자를 쳐다봤다.

하도 반응이 없어서 런치박스를 무릎에 올려둔 것처럼 보였다.

"분명 움직임은 그리폰즈 쪽이 더 좋았습니다. 유니콘즈는 시종 수세에 몰리기만 했으니 실력은 그리폰즈가 한 수 위인 것 같네요."

둘 다 프로이니 당연히 잘할 테지만, 그래도 엄연히 실력 차는 존재한다.

어린애가 보더라도 그리폰즈가 더 강하다는 걸 알 수 있겠지. 점수도 앞서고 있고.

"응, 역시 프란츠 씨를 데리고 오길 잘 했습니다."

사장님이 생긋 웃으며 내 머리에 손을 올렸다.

쓰다듬고 있다.

기쁘긴 하지만, 조금 부끄럽다…….

"저 혼자서 봤다면 방금 말했던 것들을 전혀 이해하지 못했을 겁니다. 프란츠 씨가 해설해준 덕분에 즐겁게 관전할 수가 있어요!"

"즐겁게 관전하려고 온 게 아니긴 하지만……. 뭐, 재밌으셨다면 후반전도 즐기실 수 있도록 노력하겠습니다……."

"사람이란 제각기 좋아하는 것이나 관심을 가지는 것이 다릅니다. 그래서 다른 사람한테서 배울 게 아주 많은 법이죠. 5세기를 살아오긴 했지만 아직도 모르는 것투성이예요."

이번에는 케르케르 사장님이 부끄러운지 머리를 긁적였다.

"저도 쓰로우볼에 관해 전혀 모르고 있었으니……. 20년 정도밖에 살지 않은 프란츠 씨한테 지고 말았네요."

아아, 나도 사장님께 도움이 됐다고 생각하니 기쁘다.

다만 뒤쪽 관객석에서 이런 목소리가 들려왔다.

"젠장, 커플끼리 보러 왔잖아……."

"여친한테 경기 규칙을 알려주는 건 최고의 시추에이션이지."

우리를 커플로 보고 있다. 데이트처럼 보일 만도 한가…….

미안하지만, 이래 봬도 일하는 중이야…….

이윽고 후반전이 시작됐다.

전반전의 기세를 이어나간다면 그리폰즈가 어렵지 않게 이길 테지만…….

사장님의 무릎 위에 있는 아티팩트가 발광했다!

그 색깔은 옅은 빨간색이다.

"저기, 사장님, 이거, 설마……."

"프란츠 씨, 조금 이동할 테니 따라와 주세요. 이 정도 반응만으로는 경기와 관련이 있는 마법이 발동되었는지 알 수가

없습니다. 경기장 내 무관한 마법을 감지했을 가능성도 있고 요. 우리가 직접 돌아다니면서 선수한테서 반응이 있는지 확 인해야만 합니다!"

"알겠습니다!"

나는 사장님과 벌떡 일어섰다.

그런데 사장님이 부끄러운지 내 옷을 홱홱 잡아당겼다.

"프란츠 씨는 유니콘즈 선수들의 움직임에 변화가 있는지 알려주세요. 그쪽은 문외한인지라…… 눈으로 보더라도 뭐 가 뭔지 알 수가 없으니……."

그래, 내가 보조해야만 하는 일이구나.

"예! 물론!"

사장님을 도울 수 있다니 영광이다.

그리고…… 부끄러워하는 사장님은 정말이지 귀엽네.

아티팩트를 들고 있는 사장님을 이끌면서 스타디움 관객 석을 돌아다니고 있다.

나는 사장님이 들고 있는 아티팩트보다 시합 쪽에 집중하 고 있다. 그것이 내 역할이다. 동시에 이동도 해야 하기에 꽤 힘들다.

그리고 어떤 사실을 깨달았다.

"유니콘즈, 전반전보다 명백히 움직임이 빠릿해졌어. 그 리고 몸놀림도 격렬해. 오크나 고블린의 영혼이라도 빙의 된 것처럼 야만적인 느낌이야……."

물론 점수가 뒤처진 채로 후반전이 시작됐으니 공세로 전환할 수밖에 없다. 도핑이 없더라도 공격할 수밖에 없는 상황이긴 하다.

그렇다고 치더라도 선수들에게서 풍기는 분위기가 달라진 듯했다.

"방금 그 설명, 아티팩트의 반응과도 일치하네요. 인간을 잠시 흥분시키는 적마법이 있어요. 아티팩트도 적마법을 감지하여 반응하고 있습니다."

"그럼 적 진영으로 공격해 들어갈 것 같은 유니콘즈 선수한테 접근하는 편이 좋겠군요. 이쪽입니다!"

스타디움의 내부 구조는 사전에 안내판을 보면서 확인해뒀다.

그리폰즈의 골네트 뒤쪽……, 다시 말해 유니콘즈가 공격하러 달려올 지점에 자리를 잡았다.

유니콘즈 선수가 공을 들고서 접근해왔다.

아티팩트가 발하는 빨간빛이 더 짙어졌다.

"정답인 듯합니다. 마법으로 흥분을 시켜서 경기 수행 능력을 끌어올린 거였어요."

시합 중에 강풍을 일으키면 너무 노골적이라서 금세 들통이 날 테니까.

그래서 마법으로 도핑을 할 때는 정신에 작용하는 마법을 사용하겠지.

"그럼 사장님, 이 반응 데이터가 수집된 거 맞죠?"

"그렇긴 합니다만, 더 확실한 증거가 있었으면 좋겠는데요."

바로 그때 사장님이 대담하게 웃었다.

"기왕 나왔으니 경기장 내에 분명히 있을 적마법사를 찾아내도록 할까요. 자백을 받아낸다면 빼도 박도 못할 증거가 될 테니까."

"그거, 상당히 위험하지 않습니까……."

적마법 계열에는 화염을 다루는 등 공격적이고 파괴적인 마법이 많다.

하물며 이번처럼 불법적인 일을 저지르고 있는 적마법사라면 우리를 가차 없이 제거하려고 들지도 모른다.

"상대의 실력은 대강 파악했습니다. 무엇보다도 고명한 마법사는 이런 일을 하지 않아요."

"듣고 보니, 그렇군요."

이른바 드러나서는 안 되는 일이니까. 적마법사도 기왕이면 자신의 마법 실력을 널리 선전하고 싶어하지, 들키면 안 되는 이런 일을 굳이 받지 않을 것이다.

"게르게르, 나와주세요."

"예멍."

사장님이 부르자 갑자기 게르게르가 모습을 드러냈다!

"과연! 게르게르로 하여금 냄새를 맡게 하여 위치를 알아낼 작정이군요!"

"아뇨, 아닙니다. 그 적마법사의 체취를 모르니까요."

그러네. 힌트가 없으니 수색할 수가 없나? 그럼 게르게르를 왜 불러냈지?

"게르게르, 당신은 체스 지식이 있으니 적마법사가 어디에 자리를 잡고 있는지 예상할 수 있겠지요?"

엇, 체스 지식을 이런 데에 써먹는 거야?!

"후보지가 몇 군데 있다멍. 그 중 한 곳에 있을 거다멍."

그리고 게르게르가 바람처럼 스타디움 내부를 달려갔다.

"저기…… 게르게르가 정말로 적마법사가 있는 위치를 알아낼 수 있을까요?"

"걱정하지 말아요. 게르게르는 왕국 체스 선수권에서 챔피언을 차지한 경험이 있는 실력자입니다. 대여섯 수 정도는 미리 내다볼 수 있습니다. 그러니 적마법사의 위치도 읽을 수 있을 거예요!"

사장님의 말을 의심하는 것은 아니지만, 체스의 수읽기 능력과 적 위치를 추리하는 능력이 연관이 있긴 한가?

앗, 제대로 의심해 버렸네…….

"물론 백발백중은 아닙니다. 하지만 예상 위치를 하나씩 뒤져나가다 보면 언젠가 수상한 사람도 찾아낼 수 있겠죠. 또한……."

사장님이 납작한 등딱지처럼 생긴 펜던트를 꺼냈다.

"……게르게르의 현재 위치는 이 아티팩트로 파악할 수 있습니다."

"역시 사장님이라서 여러 가지를 소지하고 있군요……."

"뭐, 사역마의 위치는 마법으로도 확인할 수 있긴 합니다만, 전투처럼 긴박한 국면 때나 적합한 방식이죠. 피추적자의 쓸데없는 부분까지 다 확인할 수 있거든요. 방금 화장실에 들어갔다는 걸 굳이 알 필요는 없잖아요."

과연⋯⋯. 그건 싫을 것 같다⋯⋯.

세룰리아였다면 그 마법을 서큐버스적인 일에 이용하려고 궁리할 것 같다. 그러나 세룰리아가 원하더라도 나는 그렇게까지 특수한 짓을 하고 싶지 않다.

세룰리아에게는 굳이 말하지 말자⋯⋯.

이윽고 사장님의 펜던트형 아티팩트가 깜빡였다.

"오, 게르게르가 발견한 모양이네요. 현장으로 가볼까요."

사장님이 다리를 재빠르게 놀렸다.

사장님이 의외로 몸이 가볍네. 적어도 사장님다운 묵직한 느낌은 들지 않는다.

현장에 가보니 게르게르와⋯⋯ 진홍색 로브를 걸치고 있는 온후해 보이는 남자가 있었다.

게르게르, 범인을 잡아냈구나!

그런데 더 가까이 다가가보니 아무래도 상황이 이상하다. 적어도 범인을 잡아냈다는 분위기는 느껴지지 않았다.

⋯⋯남자가 게르게르를 귀여워해주고 있었다.

"손! 오오, 손도 내밀 줄 아네! 장하네!"

"멍멍!"

"그럼 이번에는 빙글빙글!"

게르게르가 제자리에서 펄쩍 뛰어 멋지게 회전했다.

"엇, 네 바퀴 반이라고! 그런 고도의 기술도 가능하다니! 너, 엄청 똑똑하구나!"

"머~엉!"

네 바퀴 반 회전을 빙글빙글이라는 단어로 표현하면 못 쓰지!

적마법사로 추정되는 남자가 게르게르와 노는 데 정신이 팔려 있었다.

게르게르가 대단한 공훈을 세웠다. 결과적으로 게르게르를 보낸 것이 정답이었다.

사장님이 서서히 다가갔다.

"죄송합니다. 적마법사 맞으시죠? 전 그 개의 주인인 케르케르라고 합니다."

얼굴에 웃음을 머금은 채로 말이다.

"좀 여쭙고 싶은 게 있는데 괜찮을까요?"

그 순간 진홍색 로브를 걸친 남자가 안색을 홱 바꿨다.

무언가 난처한 사실이 발각되었음을 자각한 듯한 얼굴이다.

"쳇! 너희들한테 할 얘기는 아무 것도 없다!"

이내 남자가 그 자리에서 달아나려고 했다.

사람들이 이렇게나 모여 있는 장소에서는 폭발 마법이나 화염 마법을 사용할 수가 없다는 건가?

상대방에게 최소한의 윤리관이 있어서 다행이다. 의뢰인

도 그런 위험인물은 고용하지 않을 테지만.

그러나 승부는 이미 결판이 나 있었다.

게르게르가 남자의 배에 달라붙었다.

"멍, 멍!"

"야, 인마, 이거 놔라! 하지만, 귀여워! 매몰차게 뿌리칠 수가 없어!"

"싫다멍."

"사람 말도 할 줄 안다고?! 너, 사역마였냐! 젠장! 그래도, 귀여워!"

저 녀석, 개를 정도껏 좋아해야지!

"우리 주인님은 초하이 레벨 케르베로스다멍. 너 같은 건 승산이 없다멍. 투항하는 편이 신상에 이로울 거다멍."

게르게르의 그 말은 명백한 협박이었다.

"참고로 이 게르게르도 소형 드래곤을 깨물어서 죽일 수 있을 정도의 실력은 있다멍."

엇! 게르게르, 그런 힘을 갖고 있었구나……. 역시 사장님의 사역마……. 체스 실력만 대단한 게 아니었다.

사장님도 의기양양한 얼굴로 가슴을 활짝 펴고 있었다. 사역마의 힘을 과시하여 대단히 기쁘겠지.

"그런 무시무시한 사역마가 달라붙어 있는데 승산이 있을 거라고 생각하나멍?"

남자의 안색이 창백해졌다. 그와 동시에 저항을 포기했음을 알았다.

"내가 졌다……. 모든 걸 자백하지……."

◇

그 남자가 실토한 내용은 우리가 예상했던 대로였다.

"난 적마법사다. 유니콘즈 선수들 몇 명의 부탁을 받아 관객석에서 '폭력의 갈망'이라는 흥분 증진 적마법을 사용했다."

게르게르가 그 마법을 사용한 적마법사를 멋지게 발견해냈다.

"전후반 사이 휴식 시간 때 선수가 관객석 근처로 다가오는 때가 있어. 그 순간을 노려서 마법을 슬쩍 걸어줬다……."

도핑을 부탁했던 선수들은 하나 같이 성적이 변변치 않은 자들이었던 듯하다. 어떻게든 좋은 결과를 남기고 싶어서 그런 짓을 벌였겠지.

참고로 그 적마법사는 이름이 알려진 녀석도 뭣도 아니었다.

'폭력의 갈망'이라는 적마법도 그리 어려운 마법이 아닌 듯하다.

그래도 도핑으로 한 해에만 은화를 천 닢 가까이 벌어들였다고 하니 실적이 없는 마법사라면 유혹에 빠져들 만도 하다.

"그럼 당신도 출두해주세요. 형법에 저촉되는 행위는 아닐 테니 안심하고요."

마지막에 사장님이 타이르듯 말했다.

적마법사는 고개를 푹 떨군 채로 고개를 끄덕였다.

"역시 이런 일을 하는 게 아니었군. 위험해 보이는 흑마법사한테 적발당하는 신세가 됐으니……."

기가 죽어버린 적마법사가 그렇게 중얼거렸다.

확실한 증거인 범인과 함께 관련 내용을 쓰로우볼 협회에 제출했다.

역시나 협회도 이것을 어둠 속에 묻어버릴 수는 없었다. '무겁게 받아들이고서 조사를 하겠다'는 답변이 돌아왔다.

각종 미디어에서도 이 사건이 보도되었다. 메어리가 평소에 읽는 신문에도 곧 관련 내용이 게재됐다.

일주일 동안 선수들을 심문한 듯하다. 도핑을 한 선수들은 1년간 출장정지 징계를 받았다.

조금 불쌍하다는 마음도 들긴 하지만, 영구 제명을 당하지 않은 것을 다행으로 여겨라. 스포츠는 진검 승부다. 그렇기에 반칙은 용납되지 않는다.

이로써 사건이 일단락되리라 생각했다.

그러나 그것으로 끝나지 않았다.

선수들의 징계가 발표된 지 닷새 뒤.

아침에 레다 선배가 사장님을 찾아왔다.

레다 선배는 라이터 업무를 하고 있기에 시기상 도핑과 관련되어 있지 않을까 싶었다.

그 추측이 맞긴 했지만, 이야기의 규모가 내 예상을 훌쩍 뛰어넘었다.

"그 도핑 건, 파헤쳐봤는데 이야기가 점점 커져가고 있습니다. 악행이 꼬리에 꼬리를 물고 터져 나오는 실정⋯⋯."

문이 열려 있는 사장실에서 그런 목소리가 들려왔다.

"저기, 선배님, 저도 들으면 안 될까요?"

나도 연관이 있는 한 사람이기에 사장실에 있는 레다 선배에게 부탁했다.

"음. 알겠다. 간단히 말하자면 처음에는 징계를 받은 선수 몇 명이 멋대로 저지른 일인 줄 알았는데⋯⋯."

"더 많은 선수들이 관여했다는 거군요?"

"그보다 더 심각."

레다 선배가 짧게 말했다.

"팀도 그 사실을 파악하고 있었다. 또한 협회 인간도 부정행위를 인식하고 있었고."

"그거 참 어처구니가 없군요⋯⋯."

나도 아연실색할 수밖에 없었다. 다시 말해 반즈 씨의 말대로 협회는 감시 역할을 전혀 수행하지 않았다는 뜻이다.

"더 한심한 얘기가 있는데 프란츠 공도 들을 건가?"

레다 선배가 엄한 눈동자로 내 눈을 쳐다봤다.

선배는 나에게 각오가 되었는지 묻고 있다.

위험한 다리를 여러 번 지나온 선배이기에 무책임하게 나를 끌어들이고 싶지는 않겠지.

"이미 깊숙이 발을 담갔으니 책임감을 갖고서 듣도록 하겠습니다."

레다 선배가 고개를 끄덕이고서 말하기 시작했다.

"협회 인간이 '반즈 선수가 쓸데없는 짓을 벌였군. 이걸 대체 어떻게 책임질 작정이냐'고 말했다. 아마도 말이 헛 나왔을 테지만, 그 발언 역시 특종으로서 신문 등 매체에 실려 세상의 평가를 받게 되겠지."

"그럼 반즈 씨가 악인인 것처럼 비쳐질 게 아닙니까……."

레다 선배가 부정하듯 손을 흔들었다.

"아니. 협회 입장에서는 반즈가 그야말로 악이겠지. 도핑을 한 자보다 반즈가 조직의 기강을 더 흐트러뜨렸으니. 적어도 녀석들은 그렇게 여기고 있다. 그래서 한심한 이야기인 거지."

선배의 눈에서 분노의 불꽃이 타오르는 듯했다.

나는 벌어진 입을 다물지 못했다.

"너무나도 부조리한 얘기군요. 당연히 죄를 저지른 쪽이 나쁘건만. 내부 폭로를 했다고 반즈 씨를 책망하는 건 방귀 뀐 놈이 성내는 꼴이잖아요."

"당연히 이치에서 벗어난 짓이긴 하다만, 이런 사고방식을 지닌 자들을 본인은 수없이 봐왔다."

수없이 봐왔다는 사람답게 레다 선배는 분노를 품으면서도 냉정을 유지하고 있었다.

"본인은 의적으로서 악당을 여러 명이나 쓰러뜨려 왔다. 개중에는 죄책감을 느끼고서 본인이나 경찰한테 정보를 흘린 자도 몇 명 있었지. 그래서 괴멸된 일당도 있다."

악행을 저질렀으니 겁을 먹은 녀석이 나올 만도 하겠지.

"그때 붙잡힌 일당들은 예외 없이 정보를 흘린 자를 원망했다. 적어도 그들을 직접 붙잡은 본인보다도 훨씬 더 미워했지."

"그건 위화감이 별로 느껴지질 않습니다. 왜냐면 배신자이니까……. 아니, 말하고 나서 생각해보니 이번 건과 비슷하군요……."

도핑을 적발해낸 우리보다도, 도핑의 주모자보다도, 협회는 반즈 씨를 더 미워하고 있다.

그때 케르케르 사장님이 진지한 표정으로 우리가 있는 탁자로 다가왔다.

"조직이 조직의 존속만을 위해서 기능하게 되면 이런 일이 벌어집니다. 슬픈 일이지만."

"사장님도 뭔가 떠오르는 바가 있나요?"

오래 산 사장님은 나보다도 사회의 부조리를 훨씬 더 많이 봐왔겠지.

사장님이 작은 목소리로 예, 하고 대답하고 나서 말을 이었다.

"조직이 이상하다고 비판한 자를 배제해버리는 조직은 일시적으로 좋아보여도 장기적인 관점에서 결국 부패하고 맙니다. 그것은 스스로를 치유할 수 있는 신호 같은 거예요. 그 신호를 무시한다면 언젠가 돌이킬 수가 없게 됩니다."

치통을 방치하면 충치가 악화되는 것과 비슷한 이치인가?

잠시 뒤 손님이 회사에 찾아왔다.

반즈 씨가 보고를 할 겸 방문한 것이다.

"크으. 알고는 있었지만 역풍이 거세서 애먹고 있어요."

그런 소리를 웃으면서 할 수 있는 반즈 씨는 정말로 강하다고 생각한다.

"반즈 씨를 응원하는 사람도 아주 많아요. 꺾이지 마세요."

외부인인 나는 그 말밖에 해줄 수가 없었다.

"감사합니다. 그러나 꺾일 마음은 없고, 후회도 전혀 없습니다."

반즈 씨가 힘차게 말했다.

"이건 신념과 신념의 충돌이거든요. 그쪽도 도핑을 해서라도 어떻게든 경기에서 활약하고 싶었고, 전 그걸 용납할 생각이 전혀 없었습니다. 그렇다면 서로 신념을 맞부딪칠 수밖에요."

반즈 씨의 눈동자가 맑았다. 정말로 두려움이 전혀 없는 듯했다.

이것이 프로 운동선수의 저력인가.

마지막으로 반즈 씨는 우리에게 "감사했습니다!" 하고 인사를 하고서 돌아갔다.

"프란츠 씨, 이 회사에 이상한 점이 있거든 괘념치 말고 팍팍 말씀해주세요. 알겠죠?"

사장님이 불안해하며 나에게 물었다.

"조직 비판을 했다고 해서 프란츠 씨를 절대로 낮게 평가하지 않을 테니까요. 오히려 높이 평가를 할 테니까."

"알겠습니다. 정말로 최고의 환경이라서 달리 할 말이 없긴 하지만요."

지금보다 더 바랐다가는 다른 회사의 마법사 사원들이 폭발할 것 같다.

"문제점을 지적하면 손해를 보는 세계에서는 그 누구도 문제점을 지적하지 않게 되죠. 그러면 회사에 위기가 닥치거든요. 전 회사를 사원 모두가 즐겁게 살아가기 위해 존재하는 조직이라고 생각하고 있으니 그 기능을 다하지 못한다면……."

사장님이 지극히 태연한 말투로 이렇게 내뱉었다.

"해체해버려도 됩니다!"

"해체라니요, 아깝게시리……."

이 회사는 사장님의 피와 땀과 눈물의 결정체일 것이다.

"아깝기는요. 예술 작품도 아니고, 실체 따윈 없으니 아무래도 상관없습니다. 회사는 우리들의 행복을 위해서만 존재할 가치가 있어요."

그리고 내 머리를 톡톡 두드렸다.

"앞으로도 회사를 위해서가 아니라 프란츠 씨 자신을 위해서 일해주세요♪"

오히려 사장님의 그 웃음을 위해서 일하고 싶다고 생각했다.

"회사를 키우는 것도, 돈을 벌어들이는 것도 부차적인 문제예요. 저도, 프란츠 씨도 회사가 아니니까."

그 말을 듣고서 나는 메어리가 언급했던 의문이 떠올랐다.

스포츠 업계에 불상사가 늘어나고 있는 것 같다는 그 발언.

◇

그날 귀가하고 나서 나는 메어리에게 말했다.

"스포츠 업계에서 불상사가 늘어나고 있는 것 같다는 느낌이 왜 들었는지 내 나름대로 답을 찾았어."

"응, 한번 말해봐. 채점해줄게."

엄청 고자세로 구는데…… 위대한 마족이니 상관없나…….

"스포츠 업계를 운영하는 사람들은 약육강식의 스포츠 세계에서 살아남은 성공자들뿐이야. 궁극적으로 그게 문제라고 생각해."

나는 지론을 천천히 전개해나갔다.

"그래서 생존하는 게 최우선이라는 편견이 사고를 지배하고 있지. 성공자들만이 모여 운영하는 조직이라서 발표되는 견해도 세상 상식과는 동떨어지기 일쑤야. 그래서 불상사가 연달아 벌어졌던 거야."

이 세계에는 영웅이 있긴 하지만 그 숫자는 지극히 일부다.

만약에 영웅들만 모아 그들에게 가치관을 묻는다면 일반 서민의 삶의 방식과는 크게 괴리되어 있겠지.

적어도 그 가치관은 사회 전체가 공유할 수 있고, 사회가 원활하게 돌아갈 수 있도록 보탬이 될 만한 것이 아니다.

"그래서 스포츠 업계를 운영하는 사람한테 그 스포츠는 자신의 모든 것이나 마찬가지라서 그 가치를 깎아내리려는 녀석을 저절로 악으로 여기게 되지. 그래서 은폐를 벌이는 것이고, 또한 본인들은 정당한 행위를 했다고 굳게 믿는 거야. ⋯⋯어때?"

메어리가 잠시 입을 다문 채 찻잔에 담긴 차를 한 모금 들이키고서 말했다.

"73점."

"미묘하네⋯⋯. 일단 합격점이니 기뻐해야 하나⋯⋯."

꽤 아슬아슬한 점수다.

"스포츠를 약육강식의 세계라고 표현한 건 좋다고 생각해. 이 소녀도 그 말을 듣고서 후련해졌으니까. 응, 그래서 도핑 사건 등 불상사가 벌어지는 거겠네."

왠지 메어리 안에서 결론이 나온 듯하네.

"이 소녀도 별 볼 일 없는 쓰로우볼 선수였다면 틀림없이 도핑을 했을 거야. 발각되면 징계를 받을 위험성이 있더라도 분명 시도했을 거야. 물론 이 소녀는 쓰로우볼 세계에서도 탑플레이어가 될 테지만 말이야."

엄청난 자신감이네……

"어째서 도핑을 했을 거라고 확신하는 거지?"

"결과를 내놓지 못하는 선수한테는 존재가치가 없잖아. 그게 약육강식이야. 성과를 내지 못하면 잘려서 머물 곳을 잃을 뿐이야."

나는 입 밖으로 내뱉은 말이 얼마나 무거운지 새삼스레 깨달았다.

강자가 곧 정의인 스포츠 세계에서 성적을 내지 못하는 선수는 존재 자체가 용납되지 않는다.

다시 말해 그대로는 선수 생활을 계속할 수조차 없게 된다.

그렇다면 죽기 아니면 까무러치기, 라는 심정으로 도핑을 해서 좋은 결과를 내려고 하는 녀석이 나오겠지.

스포츠 세계에서는 그 스포츠로 좋은 성적을 남기느냐 못 남기느냐가 전부이므로 성적이 나쁜 선수는 자신의 현재 위치까지도 모조리 도박에 걸 수가 있다.

그런 선수들의 종착지가 바로 이번에 터진 쓰로우볼 사건이었다.

"이번 건을 의뢰했던 선수한테도 뜻이 있었어. 반칙을 저질러 결과를 속이려는 녀석은 용납할 수 없었을 거야. 그런 반칙이 버젓이 통용된다면 자신의 가치가 폄훼되니까. 협회가 질색할지라도 반칙을 저지른 녀석을 결단코 응징해줄 생각이었어."

나는 반즈 씨의 맑은 눈동자와 '감사했습니다!' 하고 인사했던 그 목소리가 떠올랐다.

그것은 무언가를 이룩해낸 자의 태도다.

반즈 씨는 약육강식의 논리로부터 철저히 싸워나가는 길을 택했다.

"흠, 스포츠 세계는 무섭네. 원래라면 '형언할 수 없는 악몽의 창시자'인 이 소녀 쪽이 훨씬 더 무서운데 말이야."

"응…… 정말이지 그 말이 맞아……."

그때 고양이 나이트메어가 울면서 다가왔다.

나이트메어가 메어리의 무릎 위로 뛰어올랐다. 여전히 메어리를 가장 잘 따른다.

"이 소녀 같은 자들끼리 모여서 조직을 만들면 활활 타버릴 거야. 분쟁도 마구 벌어질 거야. 왜냐면 '약한 녀석은 죽으면 되잖아'라는 말을 태연히 할 것 같으니까."

"그게 조직의 공식 견해라면 불타오르는 게 지극히 당연하겠네……."

모두가 비난하겠지. 얼토당토않은 소리이니까.

그러나 살아남는 게 최우선이라는 편견에 사로잡힌다면 그것이 진리처럼 보이게 될 것이다. 싸워서 영광을 쟁취해온 사람의 입장에서는 약자로 전락하는 게 곧 악이라고 여기지 않을까?

"뭐, 분명 스포츠 조직은 그 무엇도 바뀌지 않겠지. 프란츠가 내놓은 답에 73점밖에 매기지 않은 것도 그 이유 때문이야. 왜냐면 프란츠가 내놓은 답으로 불상사가 벌어지는 원인은 알 수가 있지만, 최근에 늘어난 것 같은 기분이 드는 이유는 설명할 수가 없으니까."

"앗, 그런가……. 진짜네……."

스포츠 조직은 근래에 변질된 것이 아니다.

그렇다면 요즘 들어 왜 불상사가 늘어난 것처럼 느껴지는지 설명하려면 다른 이유가 필요하다.

"그 대답은 말이야. 조금 복잡하긴 하지만 '세상의 인식이 엄격하게 바뀌어 왔기 때문'이겠지."

나이트메어가 메어리의 무릎 위에서 그르렁거리고 있다.

"채점 기준이 바뀐 거야. 하지만 채점을 받는 쪽은 바뀌지 않아서 나가떨어지는 자가 급증한 거지. 바뀌지 않았다고 해야 할까. 무엇이 나쁜지 이해하지 못하고 있다고 말하는 편이 더 정확하려나."

"응. 그게 맞다고 생각해. 적어도 난 납득했어."

일반 상식은 시대에 따라 변해간다.

예를 들어 먼 옛날에는 노예를 당연하다는 듯이 부렸었다.

노예를 부리는 데 위화감을 느끼지 못했다고 해서 그 시대 사람들이 극악하냐면 꼭 그렇지는 않다.

사회도 오랜 세월에 걸쳐서 조금씩 바뀌어간다. 그 변화가 바람직한지 아닌지는 저마다 다르겠지만, 바뀐다는 것 자체는 거의 틀림없는 사실이다.

"뭐, 요즘에 이 소녀는 약한 아이일지라도 나름 살아갈 수 있는 세계가 더 낫지 않을까, 하는 생각을 하긴 해. 세상도 그렇게 변해가는 걸까."

메어리가 나이트메어를 사랑스럽게 쓰다듬으며 말했다.

"그거, 완전히 나이트메어를 두고서 한 말이지?"

나이트메어도 메어리의 무릎 위에서 마음을 푹 놓고 있다. 나이트메어는 부족함 없는 비호 속에서 살아가고 있다.

"왜냐면 나이트메어는 귀여우니까. 이 소녀들을 비롯한 존재들은 귀여운 것을 지키고 싶도록 만들어져 있어. 그렇다면 귀엽지 않으면서도 약한 아이가 생존하기가 버거워질 텐데, 이 소녀는 강한데다가 귀여워서 그 문제까지는 머리가 돌아가질 않네. 프란츠와 인간들이 이 소녀가 받아들일 수 있는 이유를 생각해내도록 해."

"그건 내 숙제냐?"

"왜냐면 다음 사회를 만들어가는 건 프란츠 같은 젊은 세대이니까. 그건 프란츠를 비롯한 동시대 사람들의 책임 아냐?"

우리 세대의 책임이라.

어려운 문제이긴 하지만 분명 그렇게 되겠지. 나도 스무 살이 됐으니. 좋아, 아버지보다 더 반듯한 사회인이 되도록 하자.

"여보, 여보."

그때 세룰리아가 다가왔다. 몹시 흥분한 듯했다.

"지난번에 읽었던 책에 적혀 있었는데요. 사역마와의 공감 능력을 높이면 사역마와 주인이 멀리 떨어져 있더라도 무엇을 하고 있는지 인식할 수 있대요!"

"아아, 응, 그런 모양이네……. 근데 왜 그렇게 들떠 있는 거지……?"

불길한 예감이 든다.

"예를 들어 이걸 이용하면 제가 혼자서 서큐버스적인 짓을 하더라도 여보한테도 전해질 거예요. 그 반대도 마찬가지고요. 이거, 새로운 세계가 펼쳐지지 않을까요?"

불길한 예감이 적중했다!

"세룰리아, 그건 허들이 꽤 높지 않을까 싶은데……. 조금 더 소프트한 방향으로 가는 편이……."

"아뇨, 아뇨. 새로운 것에 도전해나가는 자세가 필요한 거라구요!"

어쩌면 장차 나는 요상한 문을 열어 젖히게 될지도 모르겠다…….

목표를 정하지 못하여
곤란해하는
젊은이가 있다면
손을 뻗어주는 것도
어른의 역할이에요.

제 4 화

박사 연구원 문제

휴일, 나는 집에서 정장을 입었다.

참고로 스무 살도 됐고 해서 조금 분발하여 좋은 옷을 구입했다.

"응, 잘 어울려요♪"

세룰리아가 두 손을 모으고서 웃으며 칭찬해줬다.

다만 세룰리아는 뭐든지 칭찬해주는 면이 있으니 아직 이것만으로는 안심할 수가 없지.

"메어리는 어떻게 생각해?"

"이 소녀는 나이트메어를 귀여워해줘야 해서 바빠."

메어리의 무릎 위에서 고양이 나이트메어가 몸을 웅크리고 있었다.

메어리는 나에게 무릎베개를 요구하면서 나이트메어는 자기 무릎 위에 올려뒀네…….

어쩐지 불공평한 것 같은 기분이 든다.

"내 옷차림 정도는 나이트메어를 챙겨주면서도 얼마든지 봐줄 수 있잖아."

메어리가 나를 힐끔 쳐다봤다.

"응, 뭐, 괜찮지 않나? 엄청 무난해."

"칭찬을 받은 것 같지가 않아……."

예시로서 적절한지는 잘 모르겠지만, 자식이 태어나면서 아내의 사랑이 완전히 자식에게로 쏠려버린 것 같은 느낌이다.

"아니, 아니, 무난하다는 건 좋은 뜻이잖아. 튀어 보이면 안 좋은 거 아냐? 남들 눈에 거슬리지만 않으면 정답이래도."

"그도 그런가."

"좋은 정장이란 자기주장을 별로 하지 않지만, 유심히 보면 그 사람을 돋보이게 해주거나, 그 사람의 몸에 꼭 맞아서 피로감을 덜어줘야만 하는 거야. 그 정장은 그 기능들을 충족하고 있다고 봐."

메어리가 멋들어진 언변으로 나를 구슬리고 있는 것 같은 기분이다.

"알겠어. 그럼 이렇게 입고 다녀올게."

오늘은 세룰리아와 메어리 모두 집에 있기로 했다. 내가 없는 동안에 외출을 하더라도 아무 문제가 없긴 하지만, 어쨌든 나는 혼자 가야만 한다.

엄밀히 말하자면 사역마라는 핑계를 대고서 세룰리아를 데려갈 수는 있겠지만, 남들의 눈에는 과시하는 것으로 비쳐지겠지. 그런 식으로 세룰리아를 트로피처럼 다루고 싶지 않다.

그리고 다른 참가자들이 엄청 질투할 것 같으니…… 미소녀가 질투해주는 건 그나마 기쁘기라도 하지, 남자에게 질투를 받으면 손해뿐이다.

◇

그래서 나는 모교 근처에 있는 가게로 향했다.

가게 앞에는 이런 간판이 놓여 있었다.

왕도 국제마법 학교 제124기생 동창회

그래. 오늘은 동창회가 열리는 날이다.

안으로 들어가니 옆 반이었던 여자애와 꽤 좋은 회사에 취직하여 부러움을 샀던 남자 동급생이 접수를 맡고 있었다.

나는 초대장을 내밀었다.

"프란츠입니다."

"앗, 그 흑마법 회사에 들어갔다는……."

"서큐버스랑 애욕의 늪에서 허우적대고 있는 프란츠구나."

두 동창생이 그런 반응을 보였다.

부정하고 싶기는 하지만, 정답은 정답이라서 대응하기가 난처하다!

"그 부분은, 나, 나름대로…… 절도를 지키고 있어……."

적당히 얼버무리고서 안으로 들어갔다.

과연 절도를 지키고 있다고 할 수 있을까? 자신이 없긴 하지만, 분명 옛날 흑마법사는 더욱 엄청난 짓거리도 벌였겠지. 응, 나는 상대적으로 나은 편이다.

동창회는 입식 형식이다. 내 자택에서 치렀던 성인식도 그런 느낌이었지만, 물론 인원수는 동창회가 훨씬 더 많고, 행사장도 더 넓다.

내가 들어가니 말을 걸어오는 사람이 있었다.

"오랜만, 프란츠 씨. 잘 지내고 있어? 성인식 때 보고 얼마 지나지 않았긴 하지만."

"리자!"

기숙사 식사 담당인 리자가 있었다.

리자는 붉은 드레스를 입고 있다. 드레스 때문인지 요염하게 느껴졌다.

"흑마법도 점점 익숙해지고 있어. 비교대상이 적어서 이해하기 어려운 면은 있긴 하지만."

"프란츠 씨는 진지하니까 한 번 시작하면 어떻게든 끝까지 갈 수 있을 거야. 학교에서 공부했던 백마법이 그렇게까지 도움이 되지 않은 건 조금 아쉽긴 하려나. 뭐, 마법과 관련이 없는 직장에서 근무하는 사람도 있으니 낫다고 해야 하나?"

"그게 말이지. 백마법이 꽤나 요긴하게 쓰이고 있어. 흑마법 업계에서 백마법을 사용할 수 있는 사람은 적으니까. 아직 발전시켜 나가고 있는 중이긴 한데, 본격적으로 흑마법과 백마법을 조합해 나가려고 생각하고 있어."

회색마법의 존재까지는 말하지 않아도 되려나? 리자가 혼란스러워할 것 같으니.

"리자, 동창회 출석 상황은 어때?"

"그게 말이야. 행사가 아직 시작되기 전이라서 확실하게 단언할 수는 없지만, 아직 취직을 못 했거나, 성적이 나빠서 고생했던 사람들은 비교적 덜 참석한 것 같긴 한데."

리자의 표정이 약간 흐려졌다.

앗, 얘깃거리로서 부적절했나……. 그래도 치명적이라고 할 만한 수준은 아닌가.

송트가 없는지 찾아봤는데 모습이 보이지 않았다.

그 녀석, 고향으로 돌아가서 행사장에 오려면 멀 텐데.

송트는 졸업 성적이 별로여서 학교를 나온 이후로 정규직을 좀처럼 찾지 못하고 마법사 아르바이트를 전전했다. 결국에는 거처까지 잃고 공원에서 망연자실해 있었다. 내가 고향에서 다시 시작하라고 권했더니 정말로 고향으로 돌아갔다.

때마침 화장실이 있는 복도 쪽에서 송트가 다가왔다.

공원에서 고개를 숙이고 있었을 때보다 안색이 훨씬 좋아졌다.

"송트! 잘 지냈어!"

"프란츠! 고향에서 그럭저럭 먹고 살고 있어."

송트와 잠시 근황 이야기를 주고받았다. 현재는 우편 업무를 하고 있다고 한다.

백마법을 활용하는 일은 아니지만 생활이 안정된 듯하여 다행이다.

"근처에 친가가 있어서 마음도 차분해졌어. 근심 걱정도 마음에 담아두지 않게 됐고."

"부모님과의 사이가 나쁘지 않다면 친가로 돌아가는 것도 한 방법이겠네."

우선은 걱정거리 하나가 해결됐다.

내 일은 아니긴 하지만, 한때 그를 도와줬던 사람으로서 안도했다.

이윽고 사회를 맡은 동창생이 앞으로 나왔다.

"여러분, 오늘을 즐겁게 즐겨주세요! 참고로 동창회를 계기로 커플이 되어 결국에는 결혼까지 한 사례도 있다고 하니 옛날에 좋아했던 사람한테 마음을 전하지 못했던 사람은 화끈하게 고백해버리는 것도 괜찮겠어요!"

사회자의 어디까지가 진심인지 알 수가 없는 발언에 웃음이 터져나왔다.

아니나 다를까 여러 녀석들이 세룰리아를 언급하며 나를 놀리거나, 진심으로 부러워했다. 그러나 대체로는 즐거운 시간을 보냈다. 혼자서 행사장 구석에서 쓸쓸히 시간을 보내지 않아 다행이다. 여차하면 리자가 있긴 하지만……

그런데 동창회가 진행되면서 다소 거북한 녀석도 눈에 들어오게 됐다.

더욱이 그 녀석이 수재로서 반에서 유명했던 녀석이었기에 더욱 그랬다.

"앗, 저기, 미린스키 아냐? 분위기가 달라졌네."

"미린스키, 좀 늙었네."

같은 반이었던 녀석들이 그렇게 말했다. 그들의 발언 속에는 의외라는 의미가 담겨 있었다. 나도 동감이었다.

미린스키는 반에서는 1등, 학년에서는 3등 안에 들어가는 성적을 거뒀다.

우리가 재학했던 마법 학교는 엄청 유명하지는 않지만, 그래도 전교 3등은 각별하다.

그 정도 성적을 거둔 사람은 대부분 학내 연구직이나 다른 연구기관에 들어가게 된다.

그런데 저 녀석은 학교 내 자리에 들어가지 못했다.

전공 분야가 비어 있는 자리와 다르다는 이유도 있었다. 미린스키는 그런 불운을 겪었다.

미린스키가 우리를 알아본 모양이다.

"오, 애들아, 오랜만. 잘 지내고 있어?"

"오히려 네가 잘 지내고 있는지 걱정이야."

그 녀석의 동급생이 말했다.

"하하하……, 밥을 잘 챙겨 먹질 못하고 있어."

그 말을 듣고서 송트의 사례가 머릿속을 스쳤다.

미린스키도 취직을 못 한 건 아니겠지?

"현재 연구기관에 들어가 촉탁 연구원으로 일하고 있어."

뭐야, 일하고 있잖아. 그럼 쓸데없는 걱정이었나.

연구원으로 일하고 있다고 하니 대단하다는 생각이 들었지만, 막상 미린스키에게서 위대함이 느껴지지 않았다.

그것은 미린스키가 겸손해서가 아니라 피곤에 찌든 것 같은 분위기를 풍기고 있어서였다.

입고 있는 정장도 내 것보다 저렴하겠지. 아주 나풀나풀거리는 느낌이다.

미린스키에게서 무언가가 잘 풀리지 않고 있는 것 같다는 느낌이 들었다.

"이봐, 미린스키, 식사는 살기 위한 기본이라고. 식사 시간을 아끼면서까지 연구에 몰두하고 있는 거지? 특히 아침은 거르지 마. 유제품을 먹어."

동급생이 지당한 충고를 했다. 그러나 미린스키는 뭔가 곤혹스러운지 쓴웃음을 지었다. 아무래도 그 조언이 적절하지 않았나 보다.

"식사 시간은 있어. 다만 식비에 쓸 수 있는 돈이 거의 없어……. 학회가 먼 곳에서 열렸는데 여비가 나오지 않은 적도 있고……."

"여비가 나오지 않는다니 블랙이잖아?"

누군가가 그렇게 말했다.

연구자가 학회에 참석하는 것은 이른바 업무다. 출장을 떠나는 사원에게 비용을 지급하지 않는 회사는 상당히 문제가 있다고 할 수 있다.

"근데 말이야. 연구직이니 값비싼 전문 마도서를 구입해야 하기도 하고, 연구비도 필요하잖아. 그 부분은 충당하고 있어?"

"가급적 도서관에서 빌려 보고 있어. 연구자 조성금 제도가 있긴 한데 심사에서 떨어졌어. 젊은 연구자 세계에는 나보다 더 대단한 녀석들이 얼마든지 있으니까……."

미린스키가 또 쓴웃음을 짓고서 포도주에 입을 댔다.

전체적으로 자조적이다.

뭐, 더 수준이 높은 마법 학교를 졸업한 연구자들과 경쟁하여 이겨내는 건 어려울지도 모르겠다.

오랫동안 침묵했던 나는 핵심에 접근하기로 했다.

"저기 말이야. 촉탁 연구원은 월급이 얼마나 돼?"

"실수령액은 은화 17닢."

꽤 적다. 왕도 안에서 생활하는 건 그나마 가능하겠지만, 여비도 받지 못한 채 멀리 있는 학회에도 참석해야 하니 금세 바닥이 날 테지.

"임기가 2년이라서 어서 다음 자리를 알아봐야만⋯⋯."

촉탁 연구원이라고 들었을 때부터 예상하긴 했지만, 안정된 직책도 아닌가 보다.

"미린스키, 솔직히 말해서 장래가 꽤 위험하지 않을까⋯⋯? 저기⋯⋯ 연구 이전에⋯⋯ 넘어야만 하는 산이 여러 개나 있다고 해야 할까⋯⋯."

경제적으로 도저히 연구를 지속할 수 있는 환경이 아닌 듯하다.

애당초 장래를 불안해하면서 연구에 몰두할 수가 있기는 할까? 생활에 관해 고민하는 만큼 연구하는 데 시간을 할애할 수가 없을 테니 금전적으로 윤택한 연구자보다 불리하다.

미린스키가 힘없이 고개를 끄덕였다.

"일단 다른 기업들이 모집하고 있는, 급료가 더 좋은 연구직에 응모하고 있어. 채용 인원에 비해 응모자 숫자가 너무 많아서 경쟁이 정말로 치열해. 나만한 능력을 가진 연구자는 발에 차일 만큼 많아서 앞으로 치고 나가기가 버거운지라……."

그것은 겸손이 아니라 거짓 없는 진심이겠지.

마법 학교 학생이었을 때 최고 수준의 성적을 거뒀을지라도 연구자가 된 뒤에는 훨씬 위에 있는 녀석들이 우글우글할 테지.

초유명 학교의 성적 우수자는 차원이 다르다는 소리를 들은 적이 있으니까.

미린스키가 나에게서 눈을 홱 돌렸다.

"마법 박사 자격도 취득해야만 하니 앞으로도 힘들어. 설령 박사가 됐다고 해도 또 취직을 걱정해야만 하고. 박사가 되면 받아주는 직장도 늘어나긴 하지만……, 일자리를 찾는 무직 박사가 엄청나게 많으니까……."

"그거 혹시 박사 연구원 문제 아냐?"

"맞아, 그거야."

미린스키가 천천히 고개를 끄덕였다.

"박사 숫자에 비해 일자리가 너무 적어. 다른 사람을 밟고 올라서야만 하는 구조야……. 마법 학교에서도 선생님이 연구자를 목표로 하는 건 위험하다고 충고를 하긴 했지만……. 설마 이렇게까지 힘겨울 줄은 몰랐어……."

연구자의 길이 그렇게나 가시밭길이었단 말인가…….

다른 녀석들도 "회사에 취직하는 것보다 훨씬 더 버겁네" 하고 말했다.

나는 회사에서 좋은 대우를 받고 있어 더더욱 그렇게 느꼈다.

그런데 연구자는 머리가 비상해야만 할 수 있을 텐데 일반 회사보다 처우가 더 나쁘다니 왠지 이상하지 않나?

그런 처우를 견디지 못하고 세상에서 연구자가 사라져 버린다면 마법이 발전하지 않게 되어 모두들 곤란해질 텐데…….

내가 어떻게 할 수 있는 문제가 아니긴 하지만 마음이 찝찝하다.

그 뒤에 미린스키는 어째서 박사 연구원 문제가 벌어지는지 설명해줬다.

어느 시기부터 마법 학교에 진학하는 젊은이의 숫자가 늘어났다.

한편으로 마법 학교나 연구직의 숫자는 그에 비해 늘어나지 않았다.

늘어나기는커녕 연구직은 점점 줄어드는 추세다.

아마도 미린스키는 후회하고 있겠지.

"학교에 다닐 적에는 내가 똑똑한 줄 알았어. 다 과신이었던 거야……. 나만한 연구자는 얼마든지 있어. 처세에 능한 녀석이나 착안점이 아주 흥미로운 논문을 척척 써내는 녀석도 아주 아주 많아……."

다른 사람들이 입을 다물어버렸다.

아무 말도 할 수가 없었다. 미린스키는 우리 반에서 영웅

같은 존재였다.

그런 사람이 이토록 좌절을 겪고 있을 줄이야.

더욱이 능력이 열화된 것도 아니다. 단순히 진로가 위태롭다는 어쩔 도리가 없는 이유 때문이다.

그런데 그때 미린스키가 비로소 힘찬 표정을 내보였다.

"하지만 연구직이 즐겁기는 해. 더 도전해볼 작정이야. 뜻을 꺾기에는 너무 이르잖아. 현재는 연구자로서 세례를 받고 있는 시기라고 생각해."

허세일지도 모른다. 그러나 우리도 그 표정에 위안을 얻었다.

나를 비롯한 동창생들이 힘내라고 말했다.

이것이 무책임한 응원이라는 걸 모두가 알고 있다.

그러나 구태여 힘든 길을 나아가겠다고 결심한 사람에게 해줄 수 있는 응원은 그뿐이었다.

◇

"──그런 일이 있었습니다."

나는 사장님과 파피스타냐 선배 앞에서 동창회에서 겪었던 일을 들려줬다. 세룰리아와 메어리도 들었다.

오후 4시가 조금 안 된 시각. 아직 근무 시간이긴 하지만, 오늘은 사무 업무를 하는 날이기에 사장님이 차를 마시자고 권했다.

엄밀히 말해서 노동이라고는 할 수 없지만, 사원과 대화를 나누고 있으니 업무가 아니라고는 할 수 없겠지.

"그랬군요~. 박사 연구원 문제는 이쪽 세계에도 벌어지고 있군요."

사장님이 아직 뜨거운 차에 입김을 후우후우, 하고 불면서 말했다. 개에 속하는 케르베로스이면서 고양이 혀인 모양이다.

"비슷한 문제가 이미 마계에서 벌어졌던 겁니까?"

"그래요, 그래."

사장님이 고개를 끄덕였다.

"일찍이 마계에 전문학교나 대학에 진학하는 마족이 급증한 시기가 있었습니다. 둘 중 하나는 대학에 다니는 시기도 있었죠."

"둘 중 하나가 대학을 다녔다니 그럼 학자들만 우글거리는 세상이 되지 않을까요⋯⋯?"

인간 왕국의 대학은 전국에서도 그 숫자가 얼마 되지 않을 것이다. 정확한 숫자는 모르겠지만 30곳도 안 되겠지.

물론 꽤 머리가 좋지 않으면 들어갈 수가 없다. 나는 애초부터 대학 진학을 염두에도 두지 않았다. 어릴 적부터 가정교사를 붙여가면서 가르치지 않는다면 도저히 시험에 합격할 수가 없다.

"아뇨, 아뇨. 온갖 대학교들이 우후죽순으로 늘어나면서 일종의 격차가 발생했습니다. 심각한 대학은 이름만 써서

내도 받아주는 곳도 있었다고 합니다."

"그건 더 이상 대학교가 아니잖아……."

"실제로 문제가 됐습니다. 대학교 숫자가 너무 많아서 학생을 두고서 쟁탈전이 벌어졌기 때문이죠. 학생이 부족하면 대학을 경영할 수 없으니까요."

"대학교, 돈이, 매우 들 것 같아."

파피스타냐 선배도 무표정하지만 집중하여 듣고 있는 듯하다.

"그렇죠. 사립학교는 학생들로부터 대단히 값비싼 학비를 받아서 운영하고 있습니다. 그래서 학생들을 붙잡아두기 위한 시스템도 경영을 위해서 정비됐죠. 이쪽 세계와는 교육 제도가 다를지도 모르겠는데, 대학을 나온 뒤 더 공부할 수 있도록 석사·박사라는 두 과정을 만들었습니다."

"대학원을 말하는 건가?"

파피스타냐 선배가 물었다.

"아아, 여기서는 그렇게 말하죠. 어쨌든 돈을 더 받아내기 위해서 학생을 학교에 오래 다니게 하려고 궁리를 했던 거죠. 그리고 연구자가 되고자 한다면 대학원에 진학하자는 캠페인도 벌였고요."

거기까지 듣고서 무슨 일이 벌어졌는지 대강 알겠다.

"학생 숫자가 늘었다고 해서 박물관이나 자료관 같은 직장이 엄청 늘어난 건 아니죠……?"

"예, 정확합니다. 그래서 박사 연구원 문제가 벌어졌습니다.”

“아아, 그런 일도 있었지. 경영을 위해서 대학원에서조차 시험을 치르지 않고 면접만으로 합격자를 뽑기도 했고 말이야. 가뜩이나 일자리가 적은데, 애초부터 가망이 없었던 무능한 애까지 대학원생으로 만들었으니 지옥이 펼쳐질 수밖에.”

메어리도 그런 시대가 있었음을 당연히 알고 있는 듯하다.

드문 일이긴 하지만, 마계의 마계스러운 부분을 들은 것 같다.

“그리고 일자리 문턱이 높아지자 연구직한테도 소통 능력을 요구하기 시작했지~. 평생 연구만 해왔던 마족한테 소통 능력이 있을 리가 없잖아. 그래서 능력이 있는데도 구직 활동에 실패한 녀석도 생겨서 그 역시 지옥이었어.”

그 이야기는 나도 들은 적이 있어서 괴롭다…….

정말이지 소통 능력으로 채용 여부를 결정하는 세태를 어떻게든 바꾸고 싶다…….

“나도 학생 시절에 연구자나 될까, 하고 생각한 적이 있어. 하지만 선생이 ‘소통 능력이 너무 떨어지면 실적을 쌓더라도 고생해. 그만두는 편이 나아’ 하고 완곡하게 만류했어.”

파피스타냐 선배가 소곤소곤 말했다.

“아니, 그건 대놓고 직설적으로 말한 거잖아요!”

아마도 지금 그렇게까지 노골적으로 말한다면 선생 갑질로 고발당하지 않을까?

“그 선생, 참 솔직했네. 그 덕분에 성미에 맞는 일자리를 얻을 수 있었으니 다행이잖아?"

"메어리도 무례해……."

"괜찮아, 나도 알고 있으니까. 가르치는 입장이 되어도 학생들을 가르칠 자신은 없어. 내 교육법은 감각적이니까, 잘 전해지지 않을 거야."

응, 선배는 불세출의 천재라서 이론을 다른 사람에게 설명하는 데는 적합하지 않다. 압도적으로 부적합하다.

"근래에는 마계에서도 석사 과정이나 박사 과정을 밟고 있는 사람들을 지원해주기 시작해서 그나마 나아지긴 했지만요. 그래도 경영을 위해서 원생으로서 헤쳐나갈 만한 능력이 없는 학생을 원생으로 유도하는 사례는 남아 있죠. 최근에도 일부 학교가 비난을 받았습니다."

"아아, 벨리알 대학교의 사례네요."

마족 중에서 젊은 축에 속하는 세룰리아도 아는 사건인 듯하다.

"벨리알 대학교는 편차치가 그리 높은 대학이 아닌데, 원생을 무분별하게 모집하여 마구 합격시켰습니다. 하지만 그 원생들은 학교를 나와 취직할 곳이 없어서 절망했죠. 자살을 시도하거나 학교 건물에 방화를 저지른 학생이 속출했습니다."

"대학교의 존재의의를 묻는 사건이네."

박사 연구원 문제가 상상 이상으로 심각했구나…….

"역시 마족 세계에 있는 허접한 대학교들을 더 없애버려야 하겠네. 이 소녀가 박살을 내버릴까?"

"메어리, 대학교까지 없애지 마!"

저 무시무시한 마족은 뭐든지 멸망시키려고 하네.

"하지만 대학교 숫자를 적정선까지 줄이지 않으면 상황은 근본적으로 바뀌지 않아요. 학생을 돈을 내는 돈줄쯤으로 취급하는 풍토 때문에 문제가 벌어진걸요."

학문과는 어울리지 않는 돈줄이라는 단어가 머릿속에 남았다.

"학생들이 와주길 원하는 대학의 입장에서 보면 학생은 거금을 내어주는 돈줄이니까. 상점이 돈을 내는 손님에게 이것 저것 요구하는 일은 없잖아? 그 결과 수업도, 시험도 받지 않았는데도 단위를 취득하게 해주고, 리포트 한 장만 쓰면 졸업 자격까지 부여해주는 사태가 벌어진 거지. 그래도 요즘에는 그나마 나아지긴 했지만."

메어리의 기준으로 요즘이 언제인지는 잘 모르겠지만 아마 백 년쯤 전이겠지.

"벨리알 대학은 특수한 사례이지만, 박사 연구원이 되어 갈 곳을 잃은 사람들이 늘어났던 건 사실입니다. 물론 능력이 있는데도 취직을 못 한 사람도 많았고요. 힘겨운 시대였죠."

차가 겨우 적정 온도까지 식었는지 사장님은 그제야 찻잔에 입을 대고 마시기 시작했다.

"맞다, 프란츠 씨한테 딱 알맞은 일이 있습니다."

사장님이 생긋 웃고서 컵을 탁자에 내려놨다.

무언가가 좋은 생각이 번뜩였다는 표정이다.

"예, 어떤 업무일까요?"

대학교나 연구기관 이야기를 하고 있었는데 어떻게 흑마법 업무로 연결이 되는 거지?

"마계에 출장을 다녀오도록 하세요."

"오랜만에 가는 마계……."

과거에 가본 경험이 있다고 해도 인간에게 마계에 간다는 것은 상당한 긴장감을 수반하는 일이다.

"치안이 나쁜 곳은 아니니 안심하세요. 세룰리아 씨도 따라가 줄 테고요."

"물론 동행하도록 하겠습니다!"

세룰리아가 선뜻 대답해줬다. 나도 거절할 생각이 당연히 없다.

"그래서 마계의 어디에 가면 되는 겁니까?"

"연구소입니다."

"연구소?"

"우리 회사 연구소가 마계에 있지요."

"에에에에엥! 금시초문인데요, 그 소린!"

이 회사에 그런 것까지 있었다니!

"미안합니다. 계기가 없었다면 어쩌면 계속 함구했을지도 모르겠습니다."

사장님이 웃고 있는 걸로 봐서 일부러 그런 거구나.

그나저나 이 회사, 대체 뭘 연구하고 있는 거지? 애당초 인원이 얼마 안 되는 작은 회사인데…….

　그런 의문을 꿰뚫어본 것처럼 사장님이 이렇게 말했다.

　"연구 내용은 도착하고 나서 알게 될 테니 기대해요."

회사는 우리들의
행복을 위해서만
존재할 가치가 있어요.

제 5 화

회사의 괴짜 연구자

나는 오랜만에 마계에 발을 내디뎠다.

참고로 세룰리아에게 이동용 마법진을 그려달라고 부탁해서 왔다.

이 마법진은 인간 혼자서는 사용할 수가 없는 듯하다. 그러고 보니 예전에 메어리도 그런 소리를 했던 것 같다.

인간이 자유롭게 마계에 갈 수 있었다면 흑마법사가 마계로 넘어갔다는 옛날이야기도 더 많이 남았겠지. 마계의 지식이나 기술도 인간 세계에 도입되었을 테고 말이다.

그런 이야기가 거의 남아 있지 않다는 건 흑마법사일지라도 마계에 가는 것은 어렵다는 방증이겠지.

"여보, 다 왔어요. 메어리 씨처럼 출현 장소를 원하는 대로 설정할 수가 없어서 마계의 터미널 같은 장소에 도착하긴 했지만요."

"세룰리아의 말처럼 꽤 번잡하네."

그곳은 마법진 여러 개가 늘어서 있는 독특한 장소였다.

천장을 올려다보니 지붕이 높다. 돔 구조의 공간인 듯하다. 이곳을 통해서 마족이 인간 세계나 다른 마족의 땅으로 가는 모양이다. 짐을 안고 있는 마족들도 많다.

내 모습이 신기한지 여러 마족들이 나를 힐끔 쳐다봤다. 이런 반응을 보더라도 먼 옛날에도 인간 흑마법사가 마계에 뻔질나게 드나들지는 않은 듯하다.

"이동 계통 마법진은 체력을 크게 소비하는지라 원래는 상급 마족분만 사용할 수가 있답니다. 그래서 효율화를 꾀

하기 위해서 터미널을 명확하게 설정해둔 거예요."

"무슨 의미인지 대강 알겠어."

인간의 땅에도 교통의 요지라는 단어가 있으니까. 마차가 모여들 법한 도시가 있다. 이 마법진도 비슷한 발상에서 비롯됐겠지.

돔을 나가니 예전에 왔을 때처럼 회색과 검은색이 뒤섞인 듯한 공간이 펼쳐졌다.

"역시 하늘이 어둑하네……."

"따끔따끔할 정도로 바짝 메마른 공기, 이게 바로 마계의 공기죠. 돌아왔다는 실감이 들어요!"

"그건 토박이만이 알 수 있는 느낌이겠네……."

나는 마음이 도무지 진정되지 않았다. 서 있는 것만으로도 불안해진다. 애당초 인간에게 유독한 공기가 아닐까, 하는 착각마저 든다. 지난번에 아무렇지도 않았으니 독기(毒氣) 같은 건 나오지 않을 텐데.

그런데 이런 환경에서 용케도 세룰리아나 사장님 같은 인격자가 자라났네.

목가적으로 보이는 농촌에서도 살인 사건이 벌어지긴 하니 땅과 인간성(이라기보다 마족성)에 연관이 있다는 생각은 무의미하겠지.

"자, 그럼 연구소 주소인데……. 어디로 가면 되는 거지?"

나는 사장님에게서 받은 종이를 꺼냈다.

종이에 적힌 글자를 간신히 읽었다.

세룰리아와 메어리와 함께 살고 있는지라 마족의 언어도 어느 정도 익히긴 했다.

그러나 지리를 몰라서 어디가 어디를 가리키는 건지 전혀 모르겠다. '뭐시기 들판'이라고 적혀 있긴 한데.

"목적지는 마족의 땅 중에서도 궁벽한 곳이라서 모르는 게 어찌 보면 당연해요. 저도 가본 적은 없습니다. 듀라한이 끄는 고속마차를 타고서 근처 마을까지 간 뒤에 거기서 또 마차를 갈아탈 수밖에 없겠네요."

"길잡이 역할은 세룰리아한테 전적으로 맡길게."

예전에 메어리와 마계에 왔을 때도 듀라한의 고속마차를 이용했다. 참고로 듀라한이란 머리가 달려 있지 않은(?) 종족이다. 머리가 아예 없는 녀석이 있는가 하면, 빠지기만 했을 뿐인 녀석도 있다고 하는데.

마계에는 전용도로 같은 것이 잘 정비되어 있어서 시간을 그리 들이지 않고도 장거리 이동을 할 수가 있다.

그러나 마차를 통째로 빌리려면 역시나 큰돈이 필요하므로 승합마차를 갈아타면서 이동하게 될 듯하다. 그 역시 좋다. 마계에 오고 나서 느껴지는 이 적막한 감정을 즐기면서 여행하도록 하자.

마차를 기다리는 동안에 세룰리아가 팔짱을 껴왔다.

"저기······, 여, 여보······라고 부르게 된 뒤로 처음 하는 본격적인 여행이네요."

세룰리아가 얼굴을 붉혔다.

가끔 이렇게 부끄러워하는 표정을 보여주니 치사하다. 몇 번이고 또 반하게 만드니까…….

"그러네, 세룰리아……."

"어떤 의미에서 신혼여행이라고도 할 수 있겠어요……."

"그럼 휴가라도 낼 걸 그랬나. 미안, 미처 거기까지는 생각이 미치질 못했어."

"아뇨, 만약에 그랬다면 메어리 씨도 납득하지 못했을 거예요. 여보와 여행하는 기분을 맛볼 수 있는 것만으로도 행복하답니다."

새삼스럽게 막 연인이 된 것 같은 기분을 느끼는 내가 이상하게 비칠지도 모르겠다.

그러나 권태기에 들어서는 것보다는 낫지.

업무 때와는 전혀 다른 기대감과 불안감을 품으면서 나는 도착한 듀라한 고속마차에 탑승했다.

마차는 인간의 기준에서 엄청난 속도로 목적지로 향했다.

"이건 너무 빨라서 무서워……."

"전 익숙해졌어요. 날개가 있더라도 먼 곳은 이렇게 탈것으로 이동하는 게 편해서."

마차 안에 있는 다른 손님들(당연히 마족)이 태연하게 있는 걸 보니 이것이 일상인가 보다.

마차는 약 한 시간 만에 종점에 도착했다. 그 다음에 다른 고속마차를 타고서 또 종점까지 간다.

세 번째로 탄 마차는 고속마차가 아닌지 인간 세계의 마차와 속도가 크게 차이나지 않았다. 시골 느낌이 점점 강해진다.

"세룰리아, 마차를 갈아타며 이동하는 게 마계에서는 흔한 일이야?"

"시골에 가는 길이라서 환승을 자주하는 거예요. 도시와 도시 사이를 오갈 때는 거의 환승을 하지 않습니다만……. 저도 슬슬 피곤하네요……."

마차를 타더라도 체력은 소모가 되는구나.

"피곤하면 내 몸에 기대도록 해."

"……예."

세룰리아는 잠시 망설이다가 나에게 몸을 맡겼다.

사역마이기에 앞서 세룰리아는 가족이니까.

◇

그리고 우리가 내린 곳은……, 후미진 산속, 아니 더 정확하게 말하자면 산 위였다.

주변에 목초지가 펼쳐져 있다. 소처럼 생긴 동물을 방목하고 있는 것 같은데, 자세히 보니 소는 아니네. 뿔이 인간 세계의 소와 비교하여 화려하다. 그리고 비히모스처럼 생긴 동물도 있다.

그러한 고원 위에 목적지인 연구소가 덩그러니 세워져

있었다.

"대놓고 땅값이 싸서 택했을 것 같은 장소에 세워져 있는데……. 아니면 가축 연구기관인가?"

"저도 이런 데 와보는 건 처음이에요."

세룰리아도 너무 궁벽한 곳이라서 꺼려하고 있다.

"이거, 오락거리가 아무 것도 없을 것 같네. 나라면 한 달도 채 버티지 못할 것 같아."

여기서 많은 사람들이 근무하고 있을 것 같지 않으니 말동무조차 굉장히 적겠지.

무엇을 연구하고 있는지는 모르겠지만 입지를 보아하니 좌천된 사람들이 갈 만한 곳이다.

사장님이 누군가를 좌천할 리가 없고, 애초에 좌천을 시킬 만큼 사원수가 많은 회사도 아님을 잘 알고 있다. 그렇지만 왜 이곳에……?

"여보, 어쨌든 가보도록 하죠……."

"그래야지……. 여기에 있어봤자 관광도 못할 테니까……."

나와 세룰리아는 연구소를 향해 20분쯤 걸었다.

연구소가 가깝다고 생각했는데 주변에 건물 말고는 아무것도 없어서 거리감을 헷갈렸던 모양이다. 꽤 떨어져 있었다.

드디어 도착한 그 건물에는 이런 간판이 걸려 있었다.

네크로그란트 흑마법사 그다말포로즈완나 연구소

"그다말포로즈완나는 지명인가?"

"아뇨, 이 부근은 혼타라타라 평원이에요. 아마도 사람 이름이 아닐까 싶은데요."

다른 세계 사람의 이름이긴 하지만 임팩트가 있네…….

연구소 자체는 농가의 헛간만큼 작지도 않았고, 폐허처럼 허름하지도 않았다. 왕도 한가운데에 떡하니 있더라도 위화감이 느껴지지 않겠지.

문이 튼튼해서 노크를 해도 들리지 않을 듯했다.

문은 잠겨 있지 않았다. 이런 곳에는 도둑도 찾아오지 않겠지.

내부를 보니 별 특색이 없는 복도가 펼쳐져 있을 뿐이었다.

밤이 아니라서 어두컴컴하지는 않지만 어둡기는 하다.

표현이 좀 그렇긴 한데, 마치 도산하여 임직원들이 야밤도주한 회사 같다…….

"실례합니다. 여기로 출장을 나온 프란츠와 세룰리아입니다."

우선은 크게 불러봤다. 서슴없이 들어가는 건 무례하다는 생각이 들었다.

반응이 없다. 인기척이 느껴지지 않는다.

"누가 없나요~? 네크로그란트 흑마법사 직원입니다~."

역시나 아무런 반응이 없다.

"여보, 그만 들어갈까요? 더 불러봤자 소용이 없을 것 같아요."

"뜬금없이 함정이 발동할까봐 무서운데……. 위험한 마법사가 있을 것 같은 분위기잖아?"

인적 드문 고성(古城)에 사는 마법사가 으스스한 실험을 벌이고 있다……. 아직도 인간 세상에서는 그런 낡은 픽션이 꾸준히 만들어지고 있다. 과거에 사람들을 떨게 했던 으스스한 마법사의 이미지가 아직도 남아 있기 때문이다.

사람들이 모여 사는 동네와는 멀찍이 떨어져 있긴 하지만 조금 다르다. 건물 자체는 말끔하니까.

복도를 나아가다가 가장 먼저 맞닥뜨린 문을 열어봤다.

"으앗! 뭐야, 이게!"

안에는 무수히 많은 지네…… 모양의 인형들이 늘어서 있었다. 탁자 위에 놓여 있는 것도 있고, 바닥에 굴러다니는 것도 있다. 아주 난잡하게 어질러져 있다.

"솜으로 만들어져 있는 것 같네요. 이쪽은 흙으로 빚어 구워낸 거예요."

세룰리아가 지네 모형 몇 개를 들고서 말했다.

"어느 마을의 토산물일까요?"

"토산물치고는 징그럽지 않나? 마족의 가치관이 우리와는 다를지도 모르겠지만."

"마족 중에서도 이런 걸 갖고 싶어 하는 분은 거의 없을 거예요."

"종종 팬시용품 중에 데포르메된 지네도 보이긴 하던데. 그건 귀여워하는 여자애가 있으려나. 하지만 사실적으로 조형된 것들도 많긴 한데…….”

예전에 바니타자르가 사역한 언데드로 이런 것들을 대량으로 생산했었지……. 다만 이곳은 그저 상품들을 모아놓은 방인 것 같다는 느낌이 더 강하게 들었다.

여전히 인기척이 없어서 우리는 다음 방으로 향하기로 했다.

이번에는 방 안에 개구리 모양 굿즈들이 넘쳐났다.

각양각색의 개구리 인형이 이쪽을 쳐다보는 것 같아 마음이 심란하다.

“지네 다음에는 개구리……. 여긴, 뭐야……. 개인이 운영하는 수상쩍은 자료관 같아…….”

수집가가 모은 것들을 보여주기 위해서 이런 자료관을 세우는 경우가 종종 있다. 개중에는 B급 관광 명소로 유명해진 곳도 없지는 않다.

“하지만 입구에 확실히 ‘네크로그란트 흑마법사’라고 적혀 있었어요. 회사가 자료관을 운영할 리도 없고, 만약에 자료관이 맞는다고 해도 인구가 적은 곳에 굳이 세울 의미가…….”

세룰리아의 말이 맞다. 하다못해 지방 관광지에라도 세우지 않으면 아무도 찾아와주지 않는다.

그리고 간판에 연구소라고도 적혀 있었다. 뭐, 상품들도 난잡하게 방치되다시피 놓여 있고, 설명도 뭣도 없는 걸 보면 전시하는 건 아닌 듯하다.

이제는 마계에서 풍기는 분위기나 낯선 사람과 맞닥뜨리

는 것과는 장르가 다른 공포마저 든다. 진짜 돌아가고 싶어
졌다…….

"방을 두 군데 봤을 뿐인데 엄청 피곤하네요……."

세룰리아도 이 환경이 자극적인 모양이네……. 사람을 과
도하게 불안케 하는 공간이다.

"자, 그럼, 세 번째 방에 들어가서 일단 쉬도록 하자. 밖
으로 나가면 목초지가 있으니 동물이라도 쳐다보면 회복될
거야."

뭐든 좋으니 설명이 있었으면 좋겠다. 의도를 알 수 없는
공간이라서 정신적으로 지친다.

나와 세룰리아는 천천히 세 번째 방문을 열었다.

이번에는 각종 양 상품들이 대량으로 놓여 있었다.

역시나 여러 생명체의 상품들을 모아둔 곳인가?

그러나 이 방에는 지금까지와는 결정적으로 다른 것이
있었다.

검은 로브를 입은 마족이 있었다!

뿔이 꽤나 멋들어져서 마족이라는 걸 한눈에 알 수 있었다.

다만 멋들어진 뿔에 비해 키는 상당히 작다. 시크릿 부츠
처럼 키를 숨기려는 시크릿 혼 같은 느낌이 든다. 아니, 뿔
은 숨겨져 있지 않으니 시크릿이 아닌가?

머리 모양이 숏보브라서 소녀로도, 소년으로도 보인다.
몸이 가냘픈 건 틀림없다.

또한 구석에는 마법진이 그려진 바닥이 있었다.

마침 그곳에서 뭔가 작업을 벌이는 중인 듯했다.

"으으음, 양털로만 만들어진 인형으로도 효과가 발휘되지 않는 겐가……. 이건 통할 줄 알았건만……."

아직 우리가 온 것을 알아차리지 못했는지 혼자 중얼거리고 있다.

"저기, 죄송합니다. 이 연구소 관계자이시죠?"

"그럼 살아 있는 파리라도 집어넣어볼까……. 아니, 차라리 파리보다는 구더기를 넣어보는 건 어떨까? 뭐든 시도해보고 볼 일이야. 도전하지 않으면 아무 것도 탄생하지 않아!"

"실례합니다~. 저희들은 본사에서 왔습니다만."

그 인물은 뒤도 돌아보지 않았다.

전혀 안 들리나 보네.

"좋아, 구더기를 쓰자! 방침이 정해졌으니 배양실로 가야……, 엇?"

그 마족이 비로소 이쪽으로 고개를 돌렸다.

내 목소리에 반응했다기보다 이 방을 나서려고 몸을 돌린 것뿐일 테지만.

어찌되었든 나와 눈이 마주쳤다. 세룰리아도 시야에 들어왔겠지.

한동안 침묵의 시간이 흘렀다.

"…………누, 누구냐~! 너희들은, 뭐 하는 작자들이냐!"

"굳이 따지자면 우리가 할 대사입니다! 아까부터 설명을 했는데요!"

"거짓말. 설명은 한 마디도 듣지 못했다!"

역시 우리의 말을 귓등으로도 안 들었구나.

"웃, 잠깐만……. 누가 견학을 하러 올 거라는 본사의 편지를 받은 것 같긴 한데……."

"바로, 그겁니다! 네크로그란트 흑마법사 본사에서 온 프란츠와 세룰리아입니다."

드디어 그 자그마한 인물이 경계심을 푼 듯하다. 표정이 아까보다 누그러졌다.

"아아, 너희들인가? 난 그다말포로즈완나 박사다. 너희들처럼 회사 사원이지."

그다말포로즈완나가 저 사람의 이름인가…….

그 그다말포로즈완나 박사님이 악수를 청하듯 이쪽으로 손을 뻗었다.

"잘 부탁한다. 먼 길을 오느라 고생했다."

……그러나 나와 그 박사님 사이에는 발을 디딜 틈이 없을 만큼 양 상품들이 수북이 놓여 있었다. 7미터쯤 떨어져 있어서…… 악수는 하지 못했다. 팔을 길게 늘일 수 있는 녀석이 아닌 한 악수는 불가능하겠지.

"……자, 잘 부탁합니다."

분위기가 어색해질 것 같아서 무난하게 인사했다.

"거리감을 조금 헷갈렸다. 이래서야 닿질 않지."

방금, 당연히 닿을 줄 알고 손을 뻗었던 건가…….

저 사람은 터무니없는 괴짜다……!

"네가 프란츠이고, 그쪽은 세룰리아라고 했지?"

"예, 서큐버스인 세룰리아예요."

세룰리아는 그 어떤 괴짜에게도 상냥하게 인사를 한다.

"내 이름을 부르기가 버겁지? 그냥 그다말이라고 불러줘."

그 약칭은 남성스럽게 들리는데.

"참고로 말해두겠지만, 난 의심의 여지 없이 여자이니 그리 알아두게."

"앗, 그래요!?"

반응을 보니 세룰리아도 몰랐던 듯하다. 나도 소녀로도, 소년으로도 보여서 고민했다.

"열 명 중 절반은 소년이라고 인식하더라. 무례한 것들 같으니! 흥흥!"

예상대로 남자 반 여자 반 취급을 당했던 건가!

남자로 대할지, 여자로 대할지 헷갈렸던 건 어느 의미에서 올바른 판단이었던 듯하다.

"자, 여긴 누추하니 장소를 옮기도록 할까."

아아, 이런 시설에도 응접실이 있는 건가? 그야 연구소이니까.

"너희들, 따라와라."

검은 로브를 질질 끌면서 그다말 박사님이 걸어나갔다. 로브 크기가 안 맞는 거 아닌가?

도중에 그다말 박사님이 로브를 밟았다.

"흐핫!"

콰당! 그다말 박사님이 바닥에 얼굴을 세차게 찧었다.

아니……, 머리에 난 뿔 때문인지 얼굴이 직접 바닥에 부딪치지는 않은 듯하다.

"크으, 뿔이 아파……. 운이 지지리도 없는 날이다……."

"저기, 괜찮나요?"

상냥한 세룰리아가 말을 건넸다. 그녀가 아이를 챙겨주고 있는 것처럼 보였다.

"괘념치 말아. 오늘만 세 번째이니."

"그럼 바닥에 끌리지 않도록 더 작은 옷을 입는 편이 낫지 않나……?"

무슨 영문인지 박사님이 나를 째려봤다.

"지금 몸에 딱 맞거늘 어째서 더 작은 걸 입어야만 하나?"

그게 무슨 딱 맞는 거냐! 그렇게 딴죽을 걸고 싶었지만 입 밖으로 꺼냈다가는 싸움이 벌어질 것 같아서 참았다.

매드 사이언티스트인지는 모르겠지만, 별난 연구자임은 의심할 여지가 없겠네…….

그다말 박사님이 따라오라고 해서 나와 세룰리아는 잠자코 따라갔는데…….

3분 뒤, 무슨 영문인지 밖에 있었다…….

밖이라고는 했지만 일단 탁자와 의자는 있다. 굳이 말하자면 테라스라고 할 수는 있겠다.

시야에 방목 중인 가축이 들어왔다.

"응접실이나 회의실 같은 데가 아니군요……."

"사무실이나 접객용 방이 있기는 하지만, 거기도 현재 실험용으로 쓰이고 있지. 어차피 비도 거의 내리지 않는 땅이니 밖에서 접객을 하면 되겠구나 싶더라. 천재적인 아이디어지? 실제로 난 천재이긴 하지만!"

그다말 박사님이 티포트와 컵을 들고서 다가왔다.

그녀가 컵에 따라준 것은 핫밀크였다. 우리를 대접해줄 마음은 있는가 보다.

"근방 목장에서 사온 거라서 엄청나게 신선해. 맛은 최상이고 건강에도 좋지. 근육도 생기고, 몸매도 잘록하게 해주고."

나는 그다말 박사님의 몸을 봤다.

완벽한 유아 체형이다……. 근육도 없고, 몸매도 밋밋하겠지. 몇 살일까? 마족은 겉모습만으로는 나이를 유추하기가 어려우니.

"흥, 너, 또 내가 어린애 같다고 생각했지? 이래봬도 510년은 산 몸이다. 대학교 박사 과정도 밟았고. 자칭 박사가 아니라 진짜 천재 박사란 말이다."

그다말 박사님이 기분이 상했는지 뾰로통해졌다. 그 표정이 자못 소녀처럼 보인다. 여자란 소리를 들었더니 여자처럼 보이기 시작했다.

다만 연구자처럼 보이지는 않는다. 검은 로브를 입은 모습이 마치 코스프레 같다.

본인도 몸집이 작아서 콤플렉스를 갖고 있는 듯하다.

"근데 그다말 박사님은 뭘 연구하고 계시나요?"

세룰리아가 얼른 본론으로 들어가줬다.

응, 그것이 엄청나게 궁금했다.

지네, 개구리, 양까지. 지금까지 방에서 봤던 것만으로는 전혀 알 수가 없다.

"그야 보면 알잖나?"

켁, 안 알려주는 거냐!

"대학 시절부터 줄곧 이 연구를 해오고 있다. 대학 교수들도, 연구기관 녀석들도 하나 같이 머리가 굳은 놈들뿐이라서 내 연구가 얼마나 굉장하고 참신한지 전혀 알아봐 주지 않았지만. 덕분에 60년쯤 아르바이트를 하면서 생활했었지."

상상 이상의 초장기 박사 연구원!

인간이었다면 박사 연구원으로 지내다가 수명이 다했겠지만, 마족이라서 문제가 없나? 그래도 그 정도면 연구를 포기하는 게 보통이겠지만.

"아아, 과거를 떠올렸더니 짜증이 난다! 인페르노 마법 대학의 세노치 교수 놈! 그 녀석이 냉큼 다른 대학에 추천해 줬더라면 이 고생을 하지 않았을 거다!"

쿵쿵!

그다말 박사님이 땅바닥을 마구 짓밟았다.

머릿속으로 짜증났던 교수를 짓밟고 있는 듯하다.

"인페르노 마법 대학 출신이에요?! 거긴 들어가기 어려운 대학으로 유명해요! 훌륭하시네요!"

세룰리아가 지극히 자연스럽게 칭찬했다. 빈말이 아니라 마음에서 우러난 평가인 듯했다.

"흥, 그딴 썩어빠진 대학은 누워서도 합격할 수 있다. 거의 모든 과목에서 만점을 받아 합격했지. 아아, 내가 입학했던 연도에서 최고 득점이었지 아마? 입학식 때 학생 대표로 떠들어댔던 기억이 있다."

우와, 천재라고 자평한 게 꼭 틀린 말은 아닌 모양이다…….

"근데 대학에 들어가보니 어느 누구도 내 연구가 얼마나 굉장한지 이해하질 못했다. 머리가 늙고 굳어버린 놈들을 모아놓은 곳이었어. 아니, 아니, 학생들까지 날 바보 취급했으니 그 표현은 나잇값을 했던 놈들한테는 실례인가. 그냥 머리가 굳어버린 놈들만 있는 대학이었다."

모교를 형편없이 깎아내리고 있네. 동창회 같은 행사에 절대로 참석하지 않을 유형이다.

"배려를 받아 박사 과정을 수료하긴 했지만, 그 어디에서도 불러주질 않아서 아르바이트를 하면서 연구를 계속할 수밖에 없었다. 아아, 그때는 혹여나 내가 대학교에 눌러앉을까봐 수료시켜 내쫓은 거였구나. 그럼 배려라고 할 수 없지 않은가? 젠장, 젠장!"

또 발을 마구 구르고 있다. 꽤나 다혈질 마족인 듯하다.

"하지만 머리가 텅텅 빈 녀석들과 연구를 하는 것보다 차라리 혼자서 하는 게 더 속 편하긴 하지만 말이야. 매일 50번씩 무의미하다느니 소용없다는 소리를 듣지 않아도 되니까."

무슨 연구를 하는지는 여전히 모르겠지만, 저 사람이 겪었던 처지는 거의 알 듯했다.

어느 누구의 인정도 받지 못한 채 불우한 나날을 보내왔겠지.

"근데 어느 날, 케르케르 사장님한테서 회사에서 일해보지 않겠느냐는 제안을 받았고, 서류상 우리 회사 사원이 됐다……. 이런 말이죠?"

그다말 박사님이 내 얼굴을 물끄러미 쳐다봤다.

"어떻게 알았지?! 마음을 읽는 마법이라도 쓴 건가?"

"케르케르 사장님은 훌륭한 인격자이니까요. 함께 일하다 보면 그 정도쯤은 알아차릴 수가 있답니다."

세룰리아가 내 심정을 대변해줬다.

이 말이 어떻게 들릴지 모르겠지만, 사장님이 내버려 둘 수 없을 만한 인재라는 느낌이 강하게 든다. 나도 1년 넘게 회사에서 근무해왔기에 그 느낌을 알 것 같다.

"아아, 맞아. 그래서 사장한테서 받은 돈으로 목장 터에 있던 사무소 건물을 개조했고, 현재에 이르게 된 것이다. 연구를 마음껏 할 수가 있고, 거의 아무도 찾아오질 않으니 사람과 부대낄 일도 없어서 좋고. 최고의 환경이야!"

아아……. 타인과의 소통을 귀찮아하는 사람에게는 사람과 만날 일이 없는 산속이 더 낫다는 거구나.

시골 동네에는 그 동네만의 관습이 있으니 언동에 제약을 받을 수도 있다. 그러나 이곳은 주변에 목장 같은 것밖에 없으니 마을의 규율도 존재하지 않겠지.

무엇에 홀렸는지는 모르겠지만, 사장님은 저 박사님의 연구를 높이 평가하여 투자했다.

사장님은 그다말 박사님의 연구가 헛되지도, 무의미하지도 않고 오히려 투자할 만한 가치가 있다고 봤다는 뜻이다.

핫밀크를 마셨다. 듣던 대로 맛이 농후해서 맛있다.

처음에는 너무 궁벽해서 생활하기 불편할 줄 알았는데 그다말 박사님에게는 쾌적한 장소인 듯하다.

"케르케르 사장한테는 감사하고 있다. 사장이 없었다면 여태껏 아르바이트를 하며 연명했을 테지. 고향에서도 계속해서 괴짜 취급이나 받았을 테고 말이야. 생각만 해도 몸이 다 오싹하다."

"박사님, 정말로 다행이네요."

"아아, 그 애처럼 생긴 사장한테는 몇 번을 인사해도 부족할 지경이지."

"애……."

박사님이 나를 째려봤다.

"너, 뭔가 하고 싶은 말이라도 있나?"

"아뇨, 딱히 없습니다……."

그다말 박사님이야말로 더 애처럼 생겼는데요, 하고 말했다가는 연구 내용을 알기도 전에 쫓겨날 것 같다.

"허나 이제는 슬슬 실적을 내야만 한다는 압박감이 들어서 나도 마음이 괴롭다."

박사님이 후우, 하고 아이처럼 한숨을 내뱉었다.

"이 연구소에 온 지 어언 50년째이건만 여태껏 연구를 통해 동화 한 닢도 수익을 거두질 못했으니까. 적자액이 조금 많다."

그거 정말로 어마어마하겠네!

나 역시 당장에 적자를 본다고 해서 연구 부문을 잘라내는 건 위험하다고 생각한다.

그런 짓을 벌인다면 다양성을 잃게 될 것이고, 회사가 위기에 빠졌을 때 다른 방향으로 전환할 수가 없게 된다.

개미 연구자의 말에 따르면 평소에 농땡이를 피우는 개미들이 개미굴에 위기가 닥쳤을 때 움직이기 시작한다고 한다. 오히려 평소에 부지런히 일했던 개미들은 비상사태에 대응하지 못한다.

부품이 가득 들어차 있는 기계가 바로 작동되지 않듯이 무슨 일이든 약간의 '여유'는 필요하다.

그렇지만…… 50년이 지났는데도 수익을 전혀 거두지 못한 건 문제다.

"이따금 실험용 인형 등을 팔아서 조금이나마 돈을 벌려고 시도하고는 있다. 그래서 목장 인간들도 이 건물에 인형 제작자가 살고 있다고 여기는 것 같더라. 가끔 얼굴을 마주칠 때마다 '인형 제작자 양반, 안녕하신가' 하고 인사를 하는 걸 보면."

꽤나 장대한 오해가 발생한 듯하다.

으으음, 이제는 슬슬 물어보지 않으면 이어지는 이야기를 이해할 수가 없을 것 같은데.

"그나저나 그다말 박사님, 대단히 여쭙기 어려운 말입니다만……."

"음, 뭔가? 난 마음이 넓으니 뭐든 물어봐라. 화를 내지 않겠다."

"대체 무슨 연구를 하고 계시는 겁니까?"

내가 물어보자마자 그다말 박사님의 얼굴이 사과처럼 새빨개졌다.

"뭐랏! 방을 둘러봤는데도 모르겠다는 말이냐!"

화를 내지 않겠다는 말이 떨어지기 무섭게 바로 호통을 쳤다!

박사님이 이쪽으로 다가와 팡팡 때렸다.

다만 전혀 아프지 않았다. 전투력이 전혀 없는 듯하다.

"박사님, 그건 규칙 위반이라고요! 방금 마음이 넓다고 자부했으면서!"

"나도 모르게 울컥했다. 어쩔 수 없잖나! 너도 희생양으로 삼아주랴!"

은근슬쩍 무시무시한 소리를 했다!

"때리는 건 안 돼요. 폭력은 안 됩니다."

나는 박사님을 들어올렸다. 엄청 가볍다.

"으앗! 무슨 짓이냐! 이거 놔! 놔줘!"

"때리지 않겠다고 약속해줄 때까지 안 놔줄 겁니다."

가면 갈수록 유아를 어르는 듯한 기분이 든다.

"…………흑……."

켁, 울상을 짓고 있다!

왠지 나쁜 짓을 저지른 것 같은 기분이 들어 바닥에 내려놨다.

이렇게까지 철저히 어린애 같은 사람은 요즘에 보기 드물다. 바닥에 내려놨더니 나를 째려보고 있다…….

"저기……, 마족인 저조차도 전혀 모르겠어요……. 알려주실 수 없을까요……?"

보다 못한 세룰리아가 말로 거들어줬다.

"윽……. 알겠다……. 그럼 설명할 테니 연구소로 돌아가자."

그다말 박사님이 납득하긴 했지만, 돌아가는 도중에 "진짜 아무도 이 연구가 얼마나 중요한지 모른다니까……. 흥칫뿡이다" 하고 투정했다.

방금 저 사람 자기 입으로 흥칫뿡이라고 했나?

우리는 양 인형으로 가득 찬 방으로 안내를 받았다.

여기만 봤다면 양 마니아 마법사의 방이라고 인식했을 테지만, 우리는 지네 방과 개구리 방도 이미 봤으므로 그렇지 않다는 것까지는 알고 있다.

"자, 난 물론 흑마법사다. 대부분의 흑마법은 쓸 줄 안다.

그래서 아르바이트를 하면서 연명할 수가 있었지. 위험해서 비교적 돈벌이가 쏠쏠한 일도 내게 걸리면 한방! 에헴!"

그다말 박사님이 가슴을 펴고 있는 것으로 보아 자랑인가 보다. 아르바이트로 입에 풀칠을 하며 살아왔다는 인생이 자랑할 만한 것인지는 상당히 이상하긴 하지만.

"그렇다면 박사님의 연구도 당연히 흑마법과 관련이 있겠군요."

"응. 정답이다. 흑마법에 혁명적인 변화를 일으킬 수 있는 연구를 진행해왔다. 사장도 이해를 했기에 내게 연구 환경을 제공해줬던 거지."

흑마법에 혁명적인 변화를 일으킨다? 대체 뭐지?

"힌트는 이 방에 있다. 여기까지 말했으니 이제는 알 수 있겠지. 어서, 알아차려라!"

끝까지 우리 입으로 답을 말하게 할 셈인가 보다.

본인은 혁명적이라고 했지만, 정말로 그토록 굉장한 연구라면 어째서 오랫동안 그 누구의 인정도 받지 못했던 걸까.

엄청나게 하잘것없는 연구인 건……?

설마 사장님, 저 아이처럼 생긴 사람이 불쌍해서 투자해준 건 아니겠지……? 저 박사님의 외모를 보면 보호 욕구가 샘솟기도 하니까.

"이봐, 프란츠! 방금 무례한 생각을 했지? 난 바로 알 수 있다!"

"으엇! 마음이 읽혔다!"

"나와 만났던 인간들 중 90퍼센트는 무례한 생각을 했으니까. 나 참, 하나같이 이 천재를 괴짜로 취급하는 녀석들뿐이야. 대체 이 세상이 어떻게 될지 모르겠다. 흥, 칫뿡……."

남들이 괴짜로 취급한다는 걸 안다면 더 이상 그런 취급을 받지 않도록 행동을 조금만 고치만 될 텐데…….

뭐, 퀴즈라고 여기고서 제대로 고민해보자.

흑마법사 연구, 양, 지네, 개구리…….

각각의 생물들은 동떨어져 있다. 비슷한 요소가 전혀 없다.

그렇다면 양과 말을 교배시켜서 무언가를 만들려는 연구도 아니겠지. 해충인 지네를 쉽게 박멸할 수 있는 약을 만드는 연구도 아닌 듯하다.

공통점을 꼽자면 생물이라는 것 정도.

잠깐만, 흑마법에서 생물이란…….

"앗, 박사님이 하고 있는 연구가 혹시……."

이것이 사실이라면 장대한 연구이고, 흑마법에 혁명을 일으킬 수 있을지도 모른다.

"그다말 박사님, 마법에 쓸 제물의 대체품을 만들려고 하는 겁니까?"

"그래, 그래! 정답이다! 바로 그것을 줄곧 연구하고 있었다!"

박사님의 눈빛이 빛났다. 더더욱 어린애로 보인다.

"흑마법 중에는 제물을 필요로 하는 마법이 있다. 그렇다면 어째서 제물이 필요한가? 프란츠, 한번 대답해봐라."

"으음, 그건……."

"그건 강력한 마법을 보다 간단히 발동하기 위해서지."

결국 자기 입으로 말하냐!

박사님이 방 안을 걸어다니기 시작했다. 상당히 흥분한 듯했다.

"흑마법을 쓸 때 제물을 마력의 대체품으로 사용하는 경우도 많다. 그건 너희들도 잘 아는 사실이겠지."

나와 세룰리아가 고개를 끄덕였다.

"거꾸로 말하면 많은 마력을 투입하고, 복잡한 마법진을 그리고, 오랫동안 영창을 하면 제물이 없더라도 대규모 마법을 사용할 수가 있다. 실제로 고위 흑마법사가 제물이라는 대체품을 쓰지 않고서 거의 동일한 효과의 마법을 사용한 사례도 드물지 않다."

우리는 또 고개를 끄덕였다.

어디까지나 제물은 적은 마력으로, 짧은 영창으로 마법을 실현시키기 위해서 지불하는 수단이다.

인간사회에서는 오해받기 일쑤고 나 역시 일찍이 오해하긴 했지만, 흑마법사로서 살아가기 위해서 제물이 필수인 것은 아니다. 제물이란 비용이지 마법의 효과가 아니므로 흑마법사 역시 피치 못할 사정이 없는 한 되도록 제물을 사용하지 않으려고 한다.

제물이 꼭 있어야만 사용할 수 있는 마법도 있긴 하지만 지극히 적다.

제물은 흑마법을 사용하기 위한 수단이지 목적이 아니다.

"특수한 악마를 소환하는 경우가 아니라면 제물 자체에는 본질적인 가치가 없다! 그것이 내 결론이며 연구의 출발점이기도 하다."

그다말 박사님이 힘차게 말을 이어나갔다.

박사님의 말투가 점점 빨라졌다.

"당연히 제물이라는 개념이 쓸모가 없는 건 아니다. 제물이 있으면 미숙한 마법사라도 강력한 마법을 사용할 수가 있다. 허나 매번 양이나 소 같은 값비싼 제물을 사용한다면 돈이 제아무리 많더라도 버텨낼 수 없을 터. 마련하기도 힘들고. 지네라면 모를까 살아있는 양과 함께 여행을 하는 건 번거롭다. 게다가 요즘에는 개구리를 제물로써 쓰는 것조차 잔인하다고 비난하는 백마법 단체까지 있는 실정이 아닌가."

백마법과 흑마법은 기본적으로 상성이 안 좋으니까……

역시나 파리나 모기를 제물로 쓴다면 백마법 업계에서도 잔인하다고 비난하지 않을 듯하다. 그러나 그런 잔챙이를 제물로 사용해봤자 얻을 수 있는 효과가 아주 적다.

"그래서 나는 생각한 거다. 양을 대신할 물건을 만들 수 있다면 목숨을 바치지 않고도 강력한 마법을 쉽게 사용할 수 있지 않은가!"

그 말을 듣고서 나와 세룰리아 모두 무심코 눈이 휘둥그레졌다.

정말로 혁명적인 느낌이다.

"제물을 바칠 때 양이 아닌 작은 인형으로 대체할 수 있다면 경제적이고, 운송도 간편하고, 잔인하지도 않다. 제물의 비합리성을 모조리 불식할 수 있다! 위력이 강한 마법을 마구 쓸 수 있게 된다! 그렇게 되면 흑마법 업계에도, 이 세상에도 거대한 변혁이 일어나겠지!"

"그다말 박사님, 그 말이 맞습니다!"

나는 박사님에게 다가가 그 손을 감싸듯 꼬옥 쥐었다.

"그렇게 산 제물이 사라지게 된다면 흑마법을 향한 편견도 줄어들 테고, 모두들 속 편하게 흑마법을 배울 수 있게 될 겁니다. 연구를 계속해주세요!"

"어, 아아아아아……, 알겠으니까…… 손 좀 놔줘……."

"앗, 죄송합니다!"

그만 나까지 흥분하고 말았다.

그다말 박사님은 이성(異性)에 별로 면역이 없는지 얼굴을 붉혔다.

"미안하지만, 사람한테 손을 잡힌 게 어언 백 년만이라……."

면역을 따지기 이전의 문제였다.

세룰리아가 괜찮은지 걱정하며 어깨를 어루만졌을 뿐인데 얼굴을 붉힐 정도이니. 스킨십 자체가 젬병인 사람이다.

아까 몸을 들어 올렸던 게 큰 실례였구나. 박사님이 먼저 팡팡 때리긴 했지만.

"어, 어쨌든 난 이 땅에서 제물의 대체품을 계속 검토해왔던 것이다……. 그래서 양과 닮은 인형을 써보기도 하고, 그 인형 속에 배양하기 쉬운 곤충을 넣어보기도 하는 등 여러

모로 시도해봤다."

"그래서 성과가 있었나요?"

세룰리아의 눈동자에 기대감이 가득했다.

그러나 그 눈을 보고서 박사님은 오히려 두려워하는 표정을 지었다.

박사님의 표정이 어두워졌다.

"지금까진, 아직 아무 것도……."

박사님이 진심으로 울적해하며 말했다.

"대학교에 다닐 때부터 그랬다. 수많은 학자들이 '대용품을 만들 수 있을 리가 없다. 가능하다면 진즉에 누군가가 개발했겠지' 하고 회의적인 반응을 보였지. 난 그때마다 되받아쳐줬다. 그럼 너희들은 시도해본 적이 있느냐고. 기존 개념에 사로잡혀 있는 노예가 아니냐고."

분명 상식적으로 마법을 쓸 때 양 대신에 양 인형을 제물로 사용하자는 발상은 유치하게 보일지도 모른다.

"마법이라는 체계를 그런 것으로 속일 수 있을 리가 없다는 말을 들었다. 논문을 심사받을 때도 귀가 따갑도록 들었지. 내 나름대로 반론을 펼쳤지만 반증은 없었다……."

그것이 그녀의 급소겠지.

산 제물을 쓸 필요가 없다는 증명을 하지 못하는 한 그저 공염불에 불과하다.

아이디어가 얼마나 멋지든 간에 실현하지 못한다면 꿈에 그치고 만다.

박사님은 연구자의 괴로움을 줄곧 맛봐왔겠지.

"물론 나 역시 양과 흡사한 모양이라면 뭐든지 잘 될 거라고 생각하지는 않아. 하지만 양을 제물로 쓰는 마법에는 어째서 양이 필요한지 엄밀하게 분석한 흑마법사는 내가 아는한 존재하지 않는다. 다들 전제를 의심하지 않고 너무 맹신하고 있어."

그것은 재미난 해석인 듯했다.

양을 제물로 사용해온 마법이, 제물을 소나 비히모스로 바꾸자 발동하지 않은 사례가 있다.

제물인 양은 마법의 내용과는 관계성이 거의 없다는 것이 정론인데도 말이다.

"다시 말해 양을 대신하여 다른 동물을 제물로 쓰는 게 왜 안 되는지 아무도 분석하지 않았다는 말이군요?"

"바로 그거다! 설령 제물이 필수일지라도 대체물로도 동일한 마법을 사용할 수가 있다면 획기적이겠지? 그래서 난 오로지 제물에 관해 연구를 계속 해왔던 것이다."

사장님이 자금을 지원해줄 만한 사람이고, 연구 주제이긴 하네.

사장님이니 이렇게 말하겠지.

……이건 미래를 위한 투자예요.

꿈같은 이야기이긴 하지만 성공한다면 극적인 변화가 벌어진다.

그래서 사장님은 저 사람을 사원으로 고용한 것이다.

사장님이 나를 이곳으로 파견한 이유도 연구란 어떤 것인지 이해시키기 위해서겠지.

연구는 당장에 요긴하게 활용하기 위한 목적으로만 하는 것이 아니다.

아주 먼 길을 돌아가야 해서 쓸모가 없는 것처럼 보일지라도 굉장한 가치가 숨겨져 있는 연구가 많다. 과거에도 그런 연구들이 있었다.

예를 들어 수학이 진보하지 않았다면 건축도 진보하지 않았다고 한다.

그 수학이 논리학에 영향을 끼쳤고, 논리학은 반대로 수학에 영향을 끼쳤다고도 한다.

마법 학교 선생님에게서 들은 이야기인지라 나도 완벽하게 이해하고서 한 말은 아니지만……, 그런 식으로 연구에는 큰 가치가 있다.

"그다말 박사님, 연구에 관해 이야기를 더 듣고 싶습니다."

나는 박사님의 눈을 보고서 말했다.

"그건 상관없지만, 평범한 마법사한테는 별 영양가가 없는 이론을 설명하는 데 시간을 상당히 할애할 거라서 길어질 거야. 연구란 원래 그런 거니까."

박사님이 기뻐하는 것 같기도, 곤혹스러워하는 것 같기도 한 표정을 지었다.

"개의치 않습니다. 그게 저희들이 출장을 온 목적이니까요."

"알겠다. 그럼 이야기를 해주지. 에헴!"

그다말 박사님이 아주 신이 난 것 같네.

◇

그 뒤로 박사님이 장황하게 강의를 했다.

솔직히 말해서 꽤 괴로웠다…….

우선 박사님이 말했던 대로 이야기가 어려웠다.

나도 흑마법 업계에서 일하고 있으니 최소한의 지식은 있을 텐데도 평소에 업무를 할 때는 신경을 쓰지 않아도 되는 개념이나 용어들이 자꾸자꾸 나왔다.

애당초 박사는 강의 프로가 아니다. 오히려 일반인과 다를 바가 없다. 전혀 일반적이지 않은 내용을 생략하기 일쑤라서 강의를 따라가는 것만으로도 벅찼다.

1 · 2 · 3으로 이야기가 진행되다가 다음에 4가 아니라 뜬금없이 7이 나올 정도로 내용이 빈번하게 비약되었다.

"……따라서 앞서 언급했던 근거에 따라 산 제물에는 신비적 가치가 거의 없다고 할 수 있다. 오히려 산 제물에 가치를 부여하는 쪽은 백마법이다. 신한테 바치는 공물이니 그야말로 제물이라는 의미에 합당하겠지. 오히려 흑마법은 마법을 발동하기 위한 대가만 지불한다면 그것으로 족하다고 생각한다."

보드에 각종 도표나 수식들이 어지럽게 적혀 있었다. 그러나 그것들이 무엇을 의미하는지 인식하는 데 시간이 걸렸다.

나만 뒤처진 것은 아니다. 세룰리아도 힘들어하는 눈치였다.

"최면 효과가 있는 마법에 걸린 것 같아요⋯⋯."

"난 그런 마법을 건 적이 없다! 자지 마!"

그다말 박사님이 화를 냈다. 그러나 겉모습이 아이처럼 생겨서 위압감이 전혀 없는 게 문제다.

"확실히 이야기가 길어졌군. 벌써 저녁이 다 됐나."

엇, 드디어 끝내려는 건가? 살았다.

"식사를 하고 나서 마저 하겠다."

아직도 더 남았냐!

"식사를 차려올 테니 거기서 기다리고 있도록."

나름 손님 대접은 해줄 모양이다. 그 점은 고맙다.

그런데 몇 분 뒤 대량의 치즈가 나오자 나는 불길한 예감이 들었다.

"저기, 치즈 말고는 없습니까, 박사님⋯⋯?"

"인근 목장에서 받아온 것이다. 마음껏 먹도록 해라."

저 사람, 요리 같은 걸 전혀 할 줄 모를 것처럼 생기긴 했지⋯⋯.

"저기, 그다말 박사님, 제가 뭐라도 만들게요."

세룰리아는 조금이라도 조리가 된 요리를 먹고 싶어 하는 듯했다. 나도 동감이라서 기쁘다.

"허나 여기에는 고기도, 야채도 없다. 치즈와 우유밖에 없어."

근처에 목장이 없었다면 저 사람은 굶어죽지 않았을까…….

결국 나와 세룰리아는 치즈로 저녁을 때우기로 타협했다.

……다만 치즈 자체는 모두 품질이 뛰어나긴 했지만.

"이거, 흑염소한테서만 얻을 수 있는 아주 귀한 치즈예요!"

"오호, 독특한 풍미가 있긴 하지만 맛있네."

"목장 주인이 내가 손녀 같아서 귀엽다며 온갖 걸 가져다 준다. 혼자서는 다 먹지 못할 만큼 많이 있지."

그다말 박사님, 아이처럼 생긴 덕을 보고 있구나…….

식사를 마친 뒤, 강의는 재개되었고 심야까지 이어졌다.

이 주변에는 숙박 시설이 없어서 여기에서 묵을 수밖에 없다. 밤에 잡담을 나누다가 우연히 연구에 힌트가 될 만한 게 튀어나올 수도 있으니 타협을 해야 하나.

네크로그란트 흑마법사에서 심야 잔업이 발생할 줄은 몰랐다…….

그리고 심야 1시.

"휴우……. 이상으로 기초적인 이야기는 끝이다……. 마지막까지 잘 따라와줬군……, 졸리다……."

드디어 끝났다. 박사님도 입으로 떠들어대느라 지친 듯했다.

"예……. 이제 녹초가 다 됐습니다……."

"주인님과 서큐버스적인 일을 할 체력도 오늘은 남아 있질 않아요…….”

응, 이곳은 남의 집이나 마찬가지이니 그런 짓은 삼가하고 싶다.

다만 밤늦게까지 자지 않아서인지 아까 전까지만 해도 몽롱하던 머리가 조금 맑아진 듯했다.

오히려 흥분했다고 해야 하려나?

“저기, 질문을 하나 해도 됩니까?”

“그래, 좋아. 화를 내지 않을 테니 말해봐라.”

아까 화를 냈으면서.

“박사님은 제물을 어떻게 대체할 수 있을지 줄곧 생각해오셨죠?”

“맞다. 이렇게나 주저리주저리 말했는데도 그것조차 이해하지 못했다면 역시나 화를 냈을 거다.”

역시나 화를 낼 건가 보다.

“……그래서 생각이 났는데요. 흑마법의 제물을 ‘지불’이라는 개념에서 생각해본다면 기존보다 질이 떨어지는 대체품을 사용하는 건 아무래도 가치를 덜 지불하는 게 아닌가, 하는 생각이 듭니다.”

박사님이 내 말에 흥미를 느꼈는지 가까이 다가왔다.

“자세히 말해다오.”

“박사님의 방법은 금화 1닢과 은화 3닢을 지불해야 하는 상품을 은화 4닢으로 구입하려는 것처럼 들립니다. 그래서 대체가 되지 않는 게 아닐까 싶어서.”

"무슨 말인지는 알겠다. 하지만 개구리를 제물로 하는 흑마법에, 양을 제물로 삼으면 손해이지 않나. 은화 3닢으로 살 수 있는 상품에 은화 30닢을 지불해서 어쩌자는 건가?"

"예, 싸게 살 수 있는 방법을 찾지 않으면 의미가 없습니다. 하지만 제물을 바치는 방식을 고집하는 이상 대체품을 찾기가 어려울 것 같다는 느낌이 듭니다. 연금술이 성공하지 않는 이유와 비슷하다고 해야 할까요. 은화 3닢짜리를 은화 2닢으로 구입할 수는 없는 법입니다."

내 몸을 팡팡 때리지는 않았지만, 그다말 박사님이 나를 째려보고 있었다.

"즉, 내 연구가 쓸모가 없다고 말하고 싶은 건가?"

박사님의 입장에서는 지금껏 바쳐왔던 인생을 부정하는 것이나 마찬가지다. 받아들일 수가 없겠지.

"제가 제안을 하겠습니다."

머릿속에 있는 말을 한다면 또 혼이 날 것 같긴 한데.

그러나 말을 꺼내지 않으면 아무 것도 시작할 수가 없으니까.

"은화 3닢 대신에 은화에 상당하는 무언가를 함께 지불하는 겁니다. 그럼 가능할지도 모릅니다."

"다양한 제물을 사용하는 방식이라면 진즉에 시도해보고 있다."

흑마법을 고집한다면 어려울지도 모르겠지만…….

"예를 들어 회복 분야에서 우수한 백마법이나 녹마법으로 그 부족한 가치를 메꿀 수는 없을까요?"

마법 학교에서 백마법을 공부해온 내 나름의 제안이다.

'생명에 축복을 내리는 마법'. 백마법 안에는 그러한 사실상의 회복 마법이 포함되어 있다.

그리고 식물과 관련된 마법이 중심인 녹마법에도 그러한 마법이 있다고 한다. 이쪽은 성장을 촉진한다는 개념이긴 하지만 효과는 비슷하다.

평생 흑마법에만 매진해온 박사님에게 백마법 이야기를 꺼내서 기분을 또 상하게 하는 건지도 모르겠다.

그렇다고 해서 머릿속에서 떠오른 생각을 묵혀둘 수는 없는 노릇이다.

상대는 선생님이 아니라 어디까지나 같은 회사 직원이다.

"백마법으로 부족분을 메꾼다…… 그래, 그런가……."

그다말 박사님이 방 안을 부리나케 왕복하기 시작했다.

다섯 번쯤 왕복했을 때 발걸음을 뚝 멈췄다.

"마족은 특기인 흑마법만 우선하는 경향이 있어서 다른 마법을 도입하는 발상은 약할지도 모르겠군. 해볼 만한 가치가 있다. 꽤 창의적인 접근법이야."

오! 칭찬을 받았다!

그러나 박사님의 표정이 또 어두워졌다.

"허나 내가 백마법이나 녹마법을 사용할 수 있을 리가 없고, 지인 중에 백마법사도 없다……."

마족은 백마법을 사용할 수 없다.

"인간의 나라에 갈 수밖에 없나. 시도를 좀 해보고 싶을 뿐인데 상당히 번거롭게 생겼군……."

나는 손을 들었다.

"전 백마법사이기도 합니다."

그다말 박사님의 눈이 휘둥그레졌다.

"그러고 보니 프란츠, 넌 마족이 아니라 인간이었나……."

"마법 학교에서 백마법을 중심으로 배웠습니다."

심야이니 슬슬 잠자리에 드는 편이 좋겠지만, 나와 박사님 모두 묘하게 흥분하여 눈이 초롱초롱했다.

마음에 걸리는 것은 해소해야만 직성이 풀리는 법.

처음에는 양 인형을 제물로 삼으려고 하는 그다말 박사님 옆에서 내가 회복 마법을 함께 사용하는, 어린애 눈속임 같은 방식부터 시도해봤다.

역시나 잘 통하지 않았다.

이런 방식으로 마법이 결합될 수 있다면 과거 사람들이 진즉에 발견했겠지.

그 이후에도 조건을 조금씩 바꿔봤지만 아무런 효과가 없었다.

단순히 내 백마법이 발동할 뿐이었다.

"좀처럼 잘 되질 않네요……. 그래도 아직 선택지가 남아 있을 거예요!"

세룰리아가 응원해주고 있긴 하지만 나와 박사님 모두 피로가 쌓여가고 있다.

　집중력도 떨어졌다. 실패만 거듭하고 있어서 그런지도 모르겠다.

　"모든 선택지를 다 시도해보는 거예요! 이건 절대로 골라서는 안 된다고 생각했던 선택지가 오히려 호감을 올려주거나, 플래그를 세우는 경우가 있다……. 서큐버스와 인큐버스의 속담에도 그런 말이 있답니다."

　참, 독특한 속담이네…….

　"하지만 오늘은 이만 잠자리에 드는 편이 나을지도 모르겠네요……."

　듣고 보니 맞는 말이다. 학생 시절 때는 자주 이 시간까지 깨어 있곤 했다. 그러나 취직한 뒤로는 오히려 규칙적이고 건전한 생활을 보내고 있지……. 밤을 새고 나면 다음 날이 버겁다.

　"역시나 마법진을 따로 그려봤자 의미가 없어……. 두 마법진을 나란히 그려 다른 마법을 발동시켰다는 얘기는 들어본 적이 없고, 연구 역사에도 존재하지 않을 터."

　그다말 박사님도 거의 체념한 듯했다.

　나는 발치에 그려진 마법진을 보다가 문득 생각했다.

　비슷한 부분이 있다.

　흑마법의 마법진과 백마법의 마법진, 모두 마법진이긴 매한가지다. 완전히 엉터리로 그리지 않는 한 공통된 부분이 있는 게 보통이겠지.

"저기, 박사님. 이거, 적절하게 융합시킬 수는 없을까요? 두 마법진을 하나로 말입니다."

"쉬운 일이 아니다."

그렇겠지. 일단 제안을 던졌으니 오늘은 이만 잠을 자고 내일 하자는 흐름으로 이어지겠지?

"……라고 말하고 싶다만 변칙적인 마법진은 내 특기 분야다."

박사님이 종이에 마법진 도안을 척척 그려내기 시작했다.

불과 몇 분 만에 기발하고도 왠지 안정감이 느껴지는, 그야말로 독창적이라고 할 수 있는 마법진이 여러 개 만들어졌다.

"우와! 이런 걸 용케도 떠올려 내시네요. 디자이너 수준이에요!"

"난 천재다. 이 정도쯤은 식은 죽 먹기다."

아아, 저 사람도 파피스타냐 선배와 같은 부류다.

스펙 자체는 굉장한데 그것을 잘 살리지 못하는 유형.

"좋아, 그럼 오늘의 마지막 실험을 해보죠!"

"응, 알겠다. 체력을 모조리 쏟아주마!"

나와 박사님은 두 마법진으로 하나로 합치는 실험을 계속했다.

그리고 정답이 갑자기 찾아왔다.

변칙 마법진이 빛을 내기 시작했다!

마법으로서 반응이 있었다는 증거다.

"해냈다! 드디어 내가 성과를 냈다!"

박사님의 환희에 찬 목소리로 외쳤다.

나는 눈부시게 빛나는 마법진을 보고서 눈물을 글썽였다.

"축하합니다. 참고로 이 마법진에는 어떤 효과가 있죠?"

가장 중요한 부분을 듣지 못했다.

마법진의 발동 여부만 예의주시하고 있었으니까.

"아, 이건 대상으로 지정된 자한테 강력한 욕망을 샘솟게 하는 마법진이다. 방금은 대상을 지정하지 않았으니 술자한테 효과가 나타날 터."

"욕망을 샘솟게 한다?"

그 순간 내 몸과 마음에서 이변이 벌어졌다.

말하기 거북하긴 한데……, 엄청 흥분된다.

평소에는 느낄 수가 없는 흥분이다.

당장에라도 누군가를 안지 않으면 가라앉지 않을 것 같은데…….

박사님과 눈을 마주쳤다.

그녀도 동일한 마법의 영향을 받고 있음을 금세 알 수 있었다.

"저기, 그다말 박사님……, 저……, 서큐버스적인 일을 하고 싶습니다……."

"으, 으음……. 나도 그런 모양인데 한 번도 경험이 없어서……. 연구에만 몰두한지라 연애하고는 담을 쌓고 지낸 터라……."

세룰리아가 "그럼 제가 알려드릴 테니 걱정하지 마시길!"

하고 힘차게 외쳤다.

그것이 세룰리아의 본업이니까…….

"하지만…… 박사님의 겉모습이 저기, 상당히……."

"애, 애송이가 감히 어디서! 프란츠, 너보다 몇 배나 더 오래 살았다."

응, 맞는 말이다……. 겉모습 때문에 착각하고 있을 뿐…….

그 뒤에 나는 박사님의 '처음'을 받았습니다.

그러나 그 표현은 부적절하다. 첫 번째부터 다섯 번째를 받았다고 해야 하나…….

도중에 세룰리아도 가세하여 더욱 복잡해졌다.

이렇게 배덕감이 넘치는 서큐버스적인 행위는 오랜만일지도……. 흑마법사답다고 할 수도 있겠지만.

거의 날밤을 새운지라 우리는 그대로 침대 위에 쓰러져 잠에 빠져들었다.

◇

"두 분 모두 어젯밤에 참 즐거웠죠!"

세룰리아의 활기찬 목소리가 머리에 꽂혔다.

우리 셋은 똑같은 침대에 누워 있었다. 손님용 침대는 애초부터 없었고, 침대 위에서 여러 일들을 했으니까.

한편 나와 박사님을 머리를 싸쥐고 있다. 머리가 지끈거린다…….

아마도 오후쯤 되었겠지. 마계가 전체적으로 어둑해서 시간을 분간하기가 어렵긴 하지만.

"우우…… 설마, 일이 이렇게 될 줄이야……. 표현하기 어려운 체험이었다……."

"박사님, 몸은, 괜찮습니까?"

나는 박사님 쪽을 쳐다봤다. 그러나 그녀는 금세 얼굴을 붉히고서 이불로 몸을 숨겼다.

"너무 뚫어져라 쳐다보지 마라……. 엄청 창피하다……."

"뭐, 그렇겠죠……."

출장은 성과를 거뒀다고 봐도 되겠지.

그 뒤에 근처 마을로 향하는 마차가 올 때까지 나와 세룰리아는 그다말 박사님과 함께 있었다.

기본적으로는 조수처럼 박사님을 거들어줬다.

박사님이 지시를 내리는 대로 마법진을 그리기도 했고, 인근 목장에서 우유와 식사를 받아오기도 했고.

그 사이에 박사님은 더욱 특수한 마법진으로 여러 마법을 발동하거나 그에 가까운 징조를 확인했다.

그리고 연구 과정을 맹렬한 기세로 종이에 기록해나갔다.

"좋아, 좋아, 좋아! 모든 것이 잘 풀리고 있다! 느낌이 아주 좋아! 이거 획기적인 논문이 완성되겠구나!"

결국 박사님은 우리가 연구소를 나설 즈음에 「흑마법의 제물을 대체하기 위해 백마법을 병용한 실험에 관한 보고」

라는 제목의 원고를 완성했다. 엄청난 속필(速筆)이다.

"미안하지만 이걸 케르케르 사장한테 전해다오. 사장도 기뻐해주겠지."

박사님이 종이 다발을 나에게 내밀었다.

"저기……, 이거, 초고죠? 책임이 막중하다고 해야 할까, 사장님께 전달하기 전에 분실할 우려가 아예 없다고 단언할 수가 없어서……."

이 세상에 단 하나밖에 없는 보고서를 맡으려고 하니 두렵다.

"그거라면 아무 문제도 없다. 한번 쓴 내용은……."

박사님이 자신의 머리를 손가락으로 툭툭 때렸다.

"……모조리 여기에 들어 있다. 동일한 내용을 거의 완벽하게 다시 쓸 수도 있다."

"……아아, 역시 천재군요."

이것은 그저 기억력이 좋다는 차원이 아니다.

"게다가 어디까지나 네게 맡긴 건 보고서다. 학회에 정식으로 발표하는 논문 형식을 따르지 않았다. 제아무리 내가 천재일지라도 형식에 맞춰서 논문을 집필하는 데는 시간이 조금 더 걸리지."

제물이 없더라도 마법을 쓸 수 있다는 사실을 발견했기에 더더욱 시간을 할애하여 확인해야만 하는 것들도 있다.

박사님과 내가 시도해본 마법은 얼마 되지 않는다. 더 다양한 마법들을 조사해봐야만 하겠지.

그러나 그때 박사님이 무언가를 깨달은 듯했다.

"그런가…… . 으음…… 우으음……."

무언가 말하고 싶지만 말하기가 껄끄럽다는 느낌이다.

"세룰리아, 잠깐 괜찮겠나?"

박사님이 세룰리아만 불렀다.

그녀에게 속닥속닥 귓속말을 하고 있다.

"오호, 예. 좋네요. 대단히 멋진 생각이에요!"

"알겠다. 그럼 그렇게 해다오."

둘이서 무언가 의논을 한 듯했다.

박사님이 내 쪽으로 몸을 돌렸다.

"프란츠, 앞으로 연구를 어떻게 할지 고민해봤는데……."

그러나 금세 시선을 다른 곳으로 돌려버렸다.

"곰곰이 생각해보니 백마법을 쓸 줄 아는 사람이 근처에 없으면 연구를 계속할 수가 없다. 그렇다면 이 연구소에 계속 머무는 건 불필요하다는 뜻. 그래서 나도 너희들과 같이 인간 세계의 왕도로 가기로 했다."

"에엥!"

그거 참 뜬금없는 소리네.

"어차피 이 연구소에는 나밖에 없으니 딱히 문제는 없다. 그리고 거처를 정할 때까지 한동안…… 너희들의 집에서 신세를 지기로 하자."

"에에에에엥!"

더욱 뜬금없는 소리가 귀에 들렸다.

"세룰리아한테서 정식으로 허락을 구했으니 걱정은 하지 마라."

그랬구나. 아까 귓속말로 그런 이야기를 나눴던 건가.

되도록 나와 메어리의 허락도 구해줬으면 싶었지만, 이제 와서 거절할 분위기는 아니네.

"게다가 네가…… 날, 여자로 만들었으니 그 정도쯤은 책임져도 되지 않겠나……?"

박사님이 고개를 푹 숙이고서 목을 쥐어짜내듯 말했다.

"……그렇군요."

마법과 분위기에 휩쓸렸다고는 해도 그런 관계를 맺어버렸으니 인간 세계에서 머물 수 있도록 빈방을 하나 내주는 것 정도는 감수할 수밖에 없다.

◇

그리하여 나는 그다말포로즈완나 박사님을 데리고서 왕도로 돌아왔다.

물론 메어리가 깜짝 놀랐고, 꽤 불만도 있는 듯했지만, 세룰리아에게서 자초지종을 듣고서 납득은 한 듯했다.

"프란츠한테 그런 꼴을 당했으니 어쩔 수 없겠네."

"이제 와 변명을 하는 것도 창피하긴 하지만, 내게만 책임이 있다는 식으로 말하는 건 아무리 그래도 이상하지 않나……?"

어떤 마법이 발동했는지 확인하지 않았고, 박사님의 동의도 얻었고.

"그나저나 이 소녀보다 작은 애가 올 줄이야……. 프란츠, 너무 모독적이야."

"아니, 아니, 메어리 씨, 내가 더 키가 크다고!"

그다말 박사님이 메어리의 옆에 나란히 섰다. 메어리가 더 나이가 많고, 위대한 마족이라서 경칭을 붙이는 듯하다.

"그건 네 뿔까지 포함했을 때의 키잖아. 뿔을 제외한다면 이 소녀가 압도적으로 더 커."

"뿔을 제외하고서 키를 비교하는 건 치사하다!"

이거, 어느 쪽이 정답일지……. 나도 뿔을 계산에 집어넣을 생각은 하지 못했다.

"이 소녀는 프란츠한테 누가 더 큰지 판가름을 내주길 제안하겠어."

"과연. 그 제안에는 나도 이의가 없다."

그런 소리가 들려와서 나는 허둥지둥 외출했다.

물건이라도 사러 나가볼까…….

모처럼 새로운 식구가 들어왔으니 오늘은 박사님을 축하하기 위해 요리를 만들고 싶다. 나름 분발을 해볼까.

내가 식료품을 구입하고서 돌아와보니 탁자와 선반 위에 양과 개구리, 소, 그 밖의 다양한 인형들이 놓여 있었다.

"박사님, 이건 뭡니까?"

"개인적으로 마음에 든 것들을 조금씩 가져왔지. 이렇게나 많이 만들다보면 애착이 드는 인형이 생기기 마련이니까."

집 분위기가 상당히 바뀌었다고 생각하면서 나는 선반 위에 놓여 있는 지네 인형을 집었다.

자세히 보니 데포르메되어 있어서 그럭저럭 귀엽긴 하다.

수많은 인형들 속에서 살아가는 생활도 괜찮을지도 모르겠네.

그다말 박사님은 야채를 전혀 먹으려고 하지 않았지만, 고기 요리는 기쁘게 먹어줬다.

"음! 치즈 말고도 맛있는 음식이 또 있었군!"

적어도 박사님의 입맛은 어린애였다.

◇

그 후로 나는 혼자 사장실로 불려갔다.

이유는 대강 알겠다. 출장에 관한 이야기겠지.

"우와, 저도 생각지도 못한 결과였습니다. 그다말포로즈완나 박사님이 이쪽으로 올 줄이야."

사장님이 키득 웃고 있다.

"예, 저도 이렇게 될 줄은 생각도 못했습니다."

박사님까지 포함하여 회사 기숙사에서 넷이서 살게 됐다. 박사님은 집 안에 틀어박혀 작업을 자주 하니 낮에는 함께 지낸 적이 없긴 하지만.

"제가 왜 연구소로 출장을 보냈는지 이유를 알겠나요?"

응, 원래 목적은 그것이었다. 그걸 확인하고자 나를 부른 것이겠지.

애당초 별로 어려운 질문이 아니다. 답은 진즉에 나와 있다.

"이 세상에 인정받지 못한 연구 중에는 굉장한 가능성이 숨겨져 있는 것도 있으니 회사 차원에서 최대한 지원하고 싶다. 그걸 제게 깨우쳐주기 위해서 아닙니까?"

"예, 참 잘 했습니다!"

사장님이 박수를 보냈다.

"물론 우리 회사의 규모로는 한계가 있어서 연구를 하는 모든 사람들을 지원해줄 수는 없습니다. 그건 그 어떤 회사라도 불가능합니다. 회사는 자선사업을 하는 곳이 아니라 이익을 추구해야만 하는 곳이니 말이죠."

그러나 그다말 박사님이 성과를 내기까지 꽤 오래 기다려준 것은 사실이다. 그 점에서 사장님의 인품을 엿볼 수가 있었다.

"박사님의 연구에는 이익으로 이어질 가능성이 숨겨져 있었다는 거군요."

"예. 앞으로 제물이 사라질지도 모릅니다. 흑마법이 갖고 있는 이미지를 근본적으로 바꿀 수 있을지도 모릅니다."

사장님은 이익을 추구한다고 했지만, 그뿐만이 아닌 듯 했다.

회사는 세상이나 사람을 위해 존재해야하며, 흑마법이 갖고 있는 부정적인 이미지를 불식시킬 수 있으면 좋겠다고 생각하고 있다.

행복의 극대화. 그것이 케르케르 사장님의 철학이겠지.

그래서 박사님의 연구에 투자를 하기로 결심했던 것이다.

"전 박사님이 연구하는 곳에 가서 꿈을 좇고 있는 사람의 모습을 봐주길 바랐습니다. 옛날부터 연구자란 그런 존재였거든요."

바로 그때 사장님이 한숨을 내쉬었다.

"알다시피 요즘에 이쪽 세계에서는 당장에 이용할 수 있는 연구만 대우해주는 풍토가 만연해있고, 지원금을 타내기 위해 갖은 고생을 해야 하며, 막상 연구자가 되더라도 사무 업무에 치여서 정작 연구를 할 수가 없는 등 수많은 문제가 벌어지고 있지 않나요."

"예. 연구자가 살아가기 힘든 세상이 된 것 같군요……."

"사회의 큰 흐름에는 저항할 수가 없지만, 그 바람에 연구자가 소심해진 것 같다는 인상이 느껴집니다. 그건 마계도 진즉에 거쳐온 길이거든요……. 그래서 꿈을 먹으면서 살아가고 있는 박사님한테 걸어보고 싶었던 겁니다."

사장님이 아이처럼 웃었다.

그것은 그야말로 사장님 나름의 도박이자 놀이였다.

돈에는 여유가 있으니 비현실적인 연구를 하고 있는 학자의 꿈에 돈을 지불한다.

"그나저나…… 설마 프란츠 씨가 가준 덕분에 연구가 크게 진전될 줄은 꿈에도 몰랐습니다만……."

사장님이 또 한숨을 내쉬었다.

왠지 기가 막힌다는 표정이었다.

"추상적인 표현입니다만 프란츠 씨는 여러 가지를 변화시키는 촉매로서의 힘을 갖고 있네요. 제 상상을 긍정적인 의미에서 자꾸자꾸 배신해주고 있어요."

"그건 그저 운이 좋았을 뿐입니다. 제 실력이 아닙니다."

사장님은 백마법을 쓸 수 있는 나를 이용해보자고 생각한 게 전혀 아니다.

"운이 그토록 좋다면 그건 이미 실력이에요. 오히려 마법입니다. 만약에 제물이 없어도 강력한 흑마법을 쓸 수 있게 된다면 엄청난 액수의 돈이 움직일 거예요. 대체 보너스로 얼마를 책정해야 보답을 할 수 있을까요."

사장실을 나오자 대량의 책을 옆에 두고서 집필하고 있는 박사님이 보였다. 오늘은 회사에 나왔다.

"프란츠, 시간이 있다면 또 백마법으로 도와줬으면 좋겠다. 더 효율이 좋은 마법진을 만들 수 있을 것 같다!"

박사님의 눈동자가 반짝반짝 빛나고 있었다.

외모는 아이처럼 생기긴 했지만, 순수한 아이처럼 웃을 수 있는 어른이 과연 얼마나 있을까?

"양이나 개구리를 제물로 바치지 않아도 되는 시대가 꼭 온다. 빠르면 5년쯤 뒤에는 실용화할 수 있어! 흑마법을 익히는 인간의 숫자도 더 늘어날 게 분명해!"

저것은 꿈을 포기하지 않고 현실과 계속 싸워온 자의

눈이다.

꿈만 가지고 살아갈 수는 없으니 어쩔 수 없이 포기할 수도 있다.

그러나 현실에 굴복하지 않고 힘차게 나아가는 모습은 역시나 멋지다.

그리고 그 꿈이 이루어진다면 더욱 멋지겠지.

그야말로 진정한 연구자다.

"박사님, 멋집니다."

무심코 입에서 그런 말이 튀어나왔다.

그런데 무슨 영문인지 박사님이 뾰로통한 표정을 지었다.

왜 화가 났지? 칭찬한 건데?

"여성한테 멋지다고 말하지 마라! 그럴 때는 귀엽다고 해야지! 넌 여심을 조금도 모른다!"

그렇게 나오기냐!

"물론, 박사님은 귀여워요. 당연하지 않습니까. 아이처럼 생겨서 귀엽습니다."

박사님의 얼굴이 새빨개지다 못해 보라색이 됐다.

표정으로 판단하건대…… 화를 더 부추긴 게 틀림없다.

이유는 잘 안다. 무심코 쓸데없는 표현을 덧붙이고 말았다…….

"아이 같다고 말하지 마! 무례한 것도 정도가 있지!"

박사님이 두꺼운 책을 던졌다.

사삭, 하고 피했지만, 책들이 연달아 날아왔다.

"연구자이니 책을 더 소중히 다루세요!"

"시끄럽다, 시끄럽다! 책을 던질 수밖에 없는 이유를 만든 건 프란츠이니 프란츠의 잘못이다! '처음'을 받아간 책임을 져라!"

그걸 지적하니 마음이 괴롭다!

"어, 어떻게 하면 될까요……."

"그, 그걸, 내 입으로 말하라는 거냐! 이 바보!"

가장 두꺼운 책이 날아와서 나는 벌러덩 넘어졌다.

사장님에게 칭찬을 받은 직후에 박사님에게 혼쭐이 났으니 이로써 샘샘이겠네…….

꿈을 좇고 있는
사람의 모습을
봐주길 바랐습니다.
옛날부터 연구자란
그런 존재였거든요.

제 6 화

뱀파이어의 결혼 상담

요즘에 회사에서 뱀파이어 엔타야 선배의 모습이 자주 보인다.

"앗, 좋은 아침입니다. 여러분."

출근했을 때 보는 경우도 많다. 그날도 그랬다. 꽤 이른 시간부터 일하는 듯하다.

"좋은 아침입니다. 저기, 선배님……, 요즘에 꽤 빠르신 것 같네요. 무슨 일이 있습니까?"

"아~, 그게 말이죠. 지금 영업 쪽 일이 일단락돼서 예전부터 생각했던 새로운 프로젝트를 시작할까 생각하고 있어요."

"그러고 보니 엔타야 선배님은 마계를 중심으로 영업 활동을 한다고 했었죠."

뱀파이어이니 마계에서 지내는 시간이 더 길겠지.

그러니 인간 세계의 왕도에서는 한가한 때도 있을 것이다.

"그래서 이른 아침부터 근무하고 계시는 거군요? 사장님은 잔업을 바람직하게 여기지 않는 분인 것 같은데요……."

세룰리아가 그렇게 말하는 것도 당연하다. 케르케르 사장님은 노동 시간은 짧으면 짧을수록 좋다고 생각하는 사람이다.

"그거라면 문제없어요. 아침 일찍부터 일한 만큼 이른 오후에 퇴근해서 술을 마시러 나가고 있으니까요."

"아~, 그렇다면 문제가 없……. 아니, 그건 그것대로 극단적이잖아요……."

"실은 전 이른 아침부터 일하는 게 더 편해요. 프란츠 씨의 눈에는 그렇게 보이지 않을지도 모르겠지만, 영업직은 이른 아침에는 활동할 수가 없으니 퇴근이 늦어지기 일쑤거든요~."

"아아, 그렇군요……."

아침 7시에 만나자고 약속을 잡는 회사는 보통 없을 테니까. 상대 회사에서 비상식적이라고 여길 테지.

"아침이 편하다기보다는 단순히 저녁부터 마시고 싶은 거뿐 아냐?"

메어리가 지적하자 "어머~, 뭐, 그런 이유가 전혀 없는 건 아니긴 하지만~" 하고 웃었다. 역시나 술이 중요한 이유인지도…….

"저녁부터 영업하는 유명한 가게가 왕도에 있어요. 그래서 개점하자마자 사람들이 줄을 서서 금세 자리가 꽉 차고 말아요. 그래서 어쨌든 아침부터 근무를 시작해서 15시 즈음에는 그날 업무를 모두 끝마쳐야만 하는 겁니다!"

나에게 열변을 토해본들 어떻게 반응해야 좋을지 난처하네…….

그러나 엔타야 선배가 새로운 프로젝트를 위해서 일하고 있는 건 틀림없다.

"어떤 신규 사업을 계획하고 있나요? 아주 궁금해요."

세룰리아도 당연히 그쪽에 흥미를 보였다.

"아직 구체적으로 말할 수 없어서 대강 설명할게요. 한 마디로 말해서 길드와 관련이 있는 일입니다."

어지간히도 자신이 있는지 선배가 우쭐해하는 표정으로 말했다.

길드?

모험가들이 등록하여 의뢰를 받아 수행하거나, 몬스터들이 서식하는 동굴에 들어가서 보물을 찾기도 하는 그 길드 말인가?

"지금껏 존재하지 않았던 직업이라서 어떻게 호칭해야 좋을지 어렵네요. 다만 이 일을 원하는 사람들이 많지 않을까 싶어요."

"빠진 부분이 너무 많아서 하나도 모르겠네."

메어리가 입술을 삐죽 내밀었다.

"미안해요~. 길드와도 관련이 있는지라 함부로 말할 수가 없습니다. 조금만 지나면 구체적으로 말할 수 있을 것 같으니 기다려주세요."

다른 조직과 합작하다니 이 회사답지 않다.

그래도 영업을 뛰면서 연줄을 많이 확보한 엔타야 선배가 맡은 일이니 잘 해내겠지.

다만 메어리는 답을 듣기 위해서 며칠 동안 가만히 참고 있을 성격이 아니었다.

"프란츠, 세룰리아, 가자."

메어리가 사장실로 들어가려고 했다.

"그 프로젝트가 뭔지 사장이 알려줄지도 모르잖아."

메어리가 케르케르 사장님에게 직접 물어보는 작전에 착

수한 듯하다.

억지이긴 하지만 메어리답다고 할 수 있으려나.

내가 메어리를 쫓아서 사장실로 들어가니 이미 신규 프로젝트에 관해 묻고 있었다.

"아하하, 역시 궁금하겠죠. 새로운 형태의 사업을 시작하기로 했습니다. 아니, 엔타야 씨가 잘 될 거라고 하도 장담하길래 그냥 해보고 있는 것뿐입니다만."

사장님이 생긋 웃으며 대답했다. 그런데 왠지 알려주지 않을 것 같다는 느낌이 들었다. 그야 기업 비밀을 술술 부는 사장은 없을 테니까.

"지금껏 아무도 하지 않았던 영역에 도전하는 자세는 중요하니까요. 저도 한번 해보라고 엔타야 씨의 등을 밀어줬습니다. 프란츠 씨와 여러분들도 괜찮은 아이템이 떠오른다면 기탄없이 제안해주세요!"

"이 회사, 좋은 의미로든 나쁜 의미로든 너무 자유롭네."

마족으로서 이 세상에서 가장 위대한 메어리가 어이없어했다.

분명 프로젝트를 위에 제안할 수 있는 회사는 좀처럼 없긴 하지. 평범한 회사에서는 지시받은 대로 업무를 수행하는 게 기본이니까.

"뭐, 정말로 머지않아 엔타야 씨도 말할 수 있는 단계가될 테니 그때까지 기다려주⋯⋯."

"좋아! 거의거의 다 됐다!"

엔타야 선배의 환호성이 사장실에까지 들렸다.

바로 지금 완성된 건가?

엔타야 선배가 곧장 사장실에 들어왔다.

"여러분, 무슨 프로젝트인지 듣고 싶은가요? 듣고 싶지 않다고 해도 말할 겁니다!"

어지간히도 말하고 싶었나 보네, 선배.

"본 프로젝트는 모험가들의 새로운 니즈에 부응하고자 길드와 협력하는 사업입니다. 전국 최초의 시도가 아닐까 하네요."

엔타야 선배가 아주 신이 났다.

그래서 아까 전에 길드와 관련이 있는 일이라고 했던 건가?

"그 명칭은 바로 '모험가 길드 결혼 상담 창구'입니다!"

""결혼 상담?!""

나와 메어리가 입을 모아 말했다.

저 선배는 상상을 뛰어넘는 새로운 사업을 시작할 작정이구나…….

"예, 모험가 길드 안에서 그야말로 결혼 상담을 받는 거죠. 즉, 제가 사랑의 큐피드가 되겠다는 말씀! 뱀파이어이긴 하지만 큐피드랍니다!"

선배, 단단히 신이 났네. 이미 술이라도 한 잔 마신 게 아닌가, 하는 생각이 들 정도다…….

"결혼 상담 창구……. 근데 왜 그런 이상한 걸 해보자고 생각한 겁니까? 앗, 혹시 흑마법을 사용하는 겁니까……?"

흑마법 중에는 상대의 연애 감정에 영향을 끼칠 수 있는 마법도 있을 것이다.

기본적으로 자신의 욕망에 충실한 마법이 많으니까.

"결론부터 말하자면 흑마법을 활용해볼까도 생각해봤지만, 대부분 위험한 마법이라서 사용하지 않기로 방침을 정했습니다! 아니, 사용할 수가 없습니다!"

"좋아하지도 않는 상대를 억지로 좋아하게 만드는 건 이미 결혼 상담을 운운할 수 있는 차원이 아니긴 하죠……. 흑마법 이미지도 나빠질 테고요……."

바로 그런 마법 때문에 옛날부터 사람들이 흑마법을 부정적으로 봐왔으니까.

"그죠, 그죠. 하지만 상대의 총애를 얻어내는 기술이나 상대로 하여금 호감을 품게 하기 위한 노력은 마법을 사용하지 않는다는 전제로 연애에도 활용할 수가 있죠!"

선배가 나에게 얼굴을 가까이 대고서 말했다. 향긋한 향기가 은근히 풍겨서 두근두근거린다…….

"어, 뭐……, 그렇긴 하겠죠……."

"맞아요. 그런 흑마법사의 사고방식이 연애에 도움을 줄 수가 있어요! 모험가들을 120퍼센트 지원해줄 수 있다고 자부합니다!"

자부라는 말에 한 치의 거짓도 없다는 듯이 엔타야 선배가 가슴을 활짝 폈다.

연애라.

연애라고 하니 그 방면의 스페셜리스트가 이 자리에 있음이 떠올랐다. 의견을 들어보고 싶어졌다.

나는 세룰리아 쪽으로 시선을 돌렸다.

서큐버스로서 어떻게 생각하고 있을까.

"재미있는 시도인 것 같아요. 하지만 어째서 연애 상담이 모험가 길드에만 한정되어 있는 거죠? 프로젝트 내용과 모험가 길드는 별로 연관이 없는 것 같은데……."

세룰리아가 왜 그런 의문을 품었는지 알겠다.

연애 상담은 모든 사람을 대상으로 할 수가 있다.

"모험가와 연애, 그 둘이 어떻게 이어지는지 궁금하죠! 지금부터 설명할게요!"

어쨌든 선배는 들뜬 상태다.

"예전에 모험가 길드가 이용자인 모험가들한테 설문 조사를 한 적이 있어요. 현재 갖고 있는 고민이 무엇이냐는 내용이었습니다."

흠흠.

"모험가들은 흔히 던전 몬스터가 강해서 힘들다든지, 다른 모험가가 좋은 아이템을 싹 챙겨가서 생활하기가 고달프다든지……, 나이가 든 모험가라면 체력이 떨어지는 게 느껴진다든지…… 그런 고민을 할 것 같죠? 그런데 뜻밖에도 1위는 '결혼할 수가 없다'는 것이었어요."

"모험과 관련이 없는 내용이잖아!"

이건 충격이었다. 틀림없이 전투와 관련된 고민만 할 줄 알았다.

메어리도 영문을 모르겠다는 표정으로 고개를 갸웃거렸다.

"아무래도 의아해하는 것 같네요. 프로젝트를 바로 출범할 수 있는 수준에까지 이르렀으니 괜찮다면 한번 보러 가겠어요?"

권유하긴 했지만, 엔타야 선배의 얼굴에는 꼭 봐줬으면 좋겠다고 적혀 있었다.

이렇게 성격이 적극적이라서 영업직에 잘 맞는 거겠지…….

"그럼 다음에 한가한 날이 생기거든 연락할게요. 오늘은 무덤 관리 업무가 들어와서……."

"아아, 오늘 모험가 길드에 다녀와도 괜찮아요."

케르케르 사장님이 선뜻 허가를 해줬다.

그러나 허가를 받았다고 해서 선선히 길드에 갈 수는 없다.

"사장님, 무덤 관리 업무는 어쩌고요?"

개인적인 사정이 생겨서 못하게 됐다고 거절하면 끝나는 문제가 아니니까. 하다못해 대타라도 보내야 한다.

"저랑 사역마 게르게르가 해둘게요."

"의욕이 샘솟는다멍."

게르게르도 사장님의 책상 뒤에서 꼬리를 흔들며 말했다. 책상에 가려져서 안 보였는데 있었구나.

"근데 사장님이 직접 가지 않아도…….'

"실은 사무원으로 무얀 씨가 들어와줘서 제 업무에도 여유가 생겼거든요. 그래서 대타 정도는 바로 가능합니다."

"오히려 지금껏 혼자서 모든 것을 처리해온 사장님이 굉장하다고 생각합니다."

5세기를 살아온 마족의 스펙은 장난이 아니다.

"예~. 허가도 받았으니 프란츠 씨와 여러분, 모험가 길드에 가볼까요!"

◇

우리는 엔타야 선배를 따라 모험가 길드로 향했다.

무덤 관리 업무가 견학으로 바뀌었으니 고마운 일임에는 틀림없다.

그러나 모험가 길드 앞에서 나는 잠시 머뭇거렸다.

다리가 후들거리는 정도는 아니지만, 발이 산뜻 앞으로 나아가질 않았다.

"나, 이런 길드에 처음 들어가는 것 같은데……."

길드란 원래 동업자 조합이라는 의미다.

그러므로 모험가 길드 이외에도 다양한 길드가 있다.

다만 역시나 모험가 길드가 가장 유명하긴 하다.

옛날에는 모험가라고 하면 내일을 알 수 없는 삶을 사는 난폭한 사나이들의 집합이었다. 범죄자나 다름없는 인간이 섞여 있는 경우도 많았다.

그러한 난폭한 자들을 느슨히 관리하면서 지원하는 역할을 수행하는 곳이 바로 모험가 길드와 네트워크다.

나라에서도 변경에서 난동을 부리는 몬스터를 퇴치하거나, 반란을 일으킨 영주를 제압하기 위해 모험가가 필요했다. 그래서 철저히 규제하지 않고 모험가 길드를 통해 느슨히 관리하려고 했던 것이다.

그러나 나라가 점차 정비되면서 모험가의 필요성도 줄어들었다.

몬스터가 난동을 부리더라도 군대를 제대로 조직해뒀다면 모험가에게 의뢰를 할 필요가 없다.

현재는 모험가라고 하면 던전에 들어가서 보물산을 찾아다니는 사람들이라고 많이들 인식하고 있다.

교외로 나가면 아직도 사람의 손을 타지 않은 땅이 얼마든지 있고, 몬스터가 살 만한 동굴도 별의 개수만큼 많다. 모험가는 그런 곳에 들어가서 돈이 될 만한 것을 찾는다. 모험가 길드도 그런 사람들을 위해서 존재한다.

뭐, 빈말로도 안정되었다고 할 수 없는 직업이다.

적어도 품행방정하고 상냥한 남성이 활동하고 있다는 느낌은 들지 않는다.

온몸이 상처투성이인 덩치들이 도끼를 등에 메고서 껄껄대며 웃고 있다. 과도한 편견일지도 모르겠지만 모험가 길드란 그런 곳이다.

나는 길드의 꾀죄죄한 간판을 올려다봤다.

다 함께 왔지만 그래도 무섭다.

"어렸을 적 부모님도 모험가 길드에는 들어가면 안 된다고 신신당부를 했었지……. 싸움에 휘말리면 위험하기도 하고, 도박이나 마약처럼 아이한테 알려줘서는 안 되는 걸 하고 있는 녀석도 있다면서……."

부모님은 모험가 길드를 이른바 불량의 극치라고 인식하고 있었다.

내 부모님은 유별난 사람이 아니니 그것이 일반적인 인식이겠지.

다만 지난번에 고향으로 돌아갔을 때 아버지가 이런 말을 했었지…….

……프란츠, 이 세상은 무정하다. 소싯적에 난 모험가 길드가 불량의 극치라고 생각해서 일절 들어가지 않았다. 허나 당시에는 모험가 길드에 들어가서 술을 마실 것 같은 녀석한테 애인이 있을 확률이 더 높았었지……. 이거 이상하지 않냐! 그렇다면 모험가 길드에 들어가서 술이라도 마실걸 그랬다!

아버지의 푸념은 아무래도 상관없으니, 잊어버리자…….뭐, 나쁜 남자일수록 여자가 잘 들러붙는 경향이 있는 건 사실이다.

"용무가 없으면 거의 올 일이 없는 곳이긴 하죠~. 저도 영업을 하다가 우연히 길드 직원을 알게 되기 전까지는 와본 적이 없습니다. 마계에는 모험가 길드 자체가 없고 말이죠."

마계에도 야생 몬스터는 있을 테지만, 마족 중에는 강자가 많으니 날뛰는 새끼 고양이 정도로 여기는지도 모른다.

"엔타야 씨는 다양한 연줄을 만드셨네요. 게다가 그 연줄을 이용하여 새로운 프로젝트까지 시작하려고 하다니 감탄을 그치지 못하겠어요."

마음 착한 세룰리아는 진심으로 그렇게 생각하는 듯하다.

"여러분들도 괜찮은 사업 아이템이 떠오르면 사장님께 재까닥 말하도록 해요!"

엔타야 선배의 웃음을 보고서 왠지 나는…… 취직한 직후의 상황이 떠올랐다.

엔타야 선배도 사장님과 만나고 나서 비로소 빛을 발하게 된 한 사람이다.

이렇게 일을 즐겁게 할 수 있는 사람이 왕도 안에 몇이나 있을까.

세뇌라도 당해서 보람을 느끼지도 못하고 착취를 당하는 건 사양이지만, 기왕이면 즐거운 마음으로 일을 하고 싶긴 하지.

"좋았어~. 자, 모험가 길드에 들어가봐요!"

엔타야 선배가 문을 열어서 나도 들어갈 수밖에 없었다.

공포에 휩싸여서 다리가 돌처럼 굳어버린 것은 아니므로 나도 선배의 뒤를 따랐다.

진짜 모험가 길드를 직접 보고서 느낀 첫인상은······.

한마디로 말하자면 시끄럽다······.

여기저기에서 걸걸한 목소리들이 들려왔다.

우리 목소리가 파묻혀서 들리지 않을 정도였다.

어떤 의미에서 이 모험가 길드는 내가 품고 있던 인식에서 크게 벗어나지 않은 곳이네······.

모험가 길드는 정식 술집이 아니긴 하지만 술도 제공하는 듯하다. 시끄러운 이유는 주로 술 때문이겠지. 싸구려 술도 마다하지 않는 녀석들이 이곳에 모여들어 거나하게 취하고서는 왁자지껄 떠들어대고 있는 듯하다.

그리고 마약으로 보이는 것을 흡입하는 녀석까지 있다······. 마약 중에 합법적인 것도 있다는 소리를 듣긴 했다. 부디 저 사람이 불법을 저지른 게 아니라고 믿고 싶다.

"○○○○, ○○○, ○○○!"

메어리가 뭐라고 말은 하고 있는데 잘 들리지 않았다.

"미안, 메어리, 조금 더 크게 말해줘."

"순 남자밖에 없어서 싫어. 홀아비 냄새가 진동해!"

자택에서 연구하고 있는 그다말 박사님을 데려오지 않길 잘했다. 여기에 들어오자마자 기절하지 않았을까······.

"남자라고 해야 할까, 수컷 집합소라는 느낌이 들긴 하지······. 기숙제 남학교도 이런 분위기일지도 모르겠어. 마법 학교에는 문약한 녀석이 많아서 이런 분위기는 아니긴 했지만. 처음 경험해보는 공간이야······."

엔타야 선배가 고개를 연신 끄덕였다.

"맞아요! 바로 그겁니다! 프란츠 씨, 방금 좋은 얘길 했어요!"

"좋은 얘기? 수컷 집합소……는 아닌가. 남학교 같다는 소리 말입니까?"

"예! 남학교의 문제점은 뭘까요?"

남학교라고 하니 왠지 지저분할 것 같은 느낌이 드네. 그런데 왜 그런 느낌이 들까?

그건 남자밖에 없어서? 다시 말해…….

"여자가 없다는 거 아닙니까? 여자와의 만남이 없다?"

"정답입니다! 남학교의 문제점은 곧 모험가 길드의 문제점이라고 할 수 있어요!"

엔타야 선배가 길드 내부를 한 번 보라면서 손을 쫙 펼쳤다.

"모험가 길드는 남자뿐인 회사나 마찬가지라서 여자를 만나기도 어려워요. 일반 여성과 사귀려고 해도 얼굴부터가 우락부락하게 생겼을 뿐더러 다혈질일 것 같다는 편견에다가 안정적인 직업이 아니라서 생활이 불안정하다는 이유 때문에 다들 꺼려하고 있어요!"

"아아, 여러모로 수긍이 가네요."

모험가라는 직업은 결혼하는 데 불리하네.

그래서 지원을 해주는 의미가 있다는 거구나.

그때 모험가 길드 직원으로 보이는 사람이 엔타야 선배에게 다가왔다.

뭐라고 해야 할까, 딱딱한 직종에 종사하는 사람인 것 같다는 분위기가 풍겼다.

물론 이 세상에는 딱딱한 모험가도 있을 테지만, 여기 분위기로 보아 그런 모험가는 소수인 듯했다.

소음 때문에 무슨 소리를 하는지 잘 들리지는 않지만, 엔타야 선배가 "그거 괜찮네요. 예, 당장에라도 가능합니다" 같은 의미로 말한 것은 알 수 있었다.

그 직원이 떠나자 엔타야 선배가 우리 쪽으로 몸을 돌렸다.

상대방을 보면서 말하지 않으면 잘 들리지 않는 상황이다.

"방금 그 사람은 길드 직원입니다. 마침 상담 피실험자 역할을 해줄 모험가가 정해졌다고 하니 여러분들도 뒤에서 견학해주겠어요? 다른 관계자가 입회해도 좋다는 허락을 받았으니."

"피실험자라는 표현은 좀 심한 것 같아요……. 남들 앞에서는 말하지 않는 게……."

공공장소에서 말했다가는 사죄 기자회견이라도 열어야 할 것 같다.

"괜찮아요. 모험가 길드에 그런 내용으로 의뢰를 했거든요. '신규 사업의 피실험자 구함, 결혼을 원하는 30대 남성'이라는 형식으로 응모를 받았습니다."

다른 데도 아니고 길드에서 그런 내용으로 사람을 모집했단 말인가!

다 알고도 상담을 받으러 와줬으니 추가 설명을 할 필요가 없어서 편하긴 편하겠다.

"예~. 그럼 2층 방으로 이동하도록 하죠. 2층은 아주 평범한 사무소이니 안심해주세요!"

◇

계단을 올라 2층으로 올라가니 선배가 말했던 것처럼 어느 회사에서나 느낄 수 있는 분위기가 느껴졌다. 오히려 분위기가 딱딱하다.

1층과 2층의 분위기가 이토록 차이가 나는 건물도 찾아보기 어렵겠지.

"창구는 시끄럽거든요. 데이터를 처리하고, 모험가 길드에 의뢰를 하러 온 사람들은 2층에서 응대하고 있어요. 나라에서 운영하는 시설은 아니지만, 준공공기관이라고도 할 수 있겠네요."

"이런 곳은 처음이지만 참 많은 공부가 됐어요."

나도 세룰리아와 같은 의견이다.

우리는 미리 준비된 회의실로 들어갔다.

엔타야 선배가 덩그러니 놓여 있는 의자에 앉았다. 면접하러 온 것이 아니라서 책상도 없다. 다만 의자 2개가 거리를 적당히 띄운 채 마주보게끔 배치되어 있었다.

그 뒤에는 커다란 칸막이가 설치되어 있다. 우리는 선배가 상담을 해주는 모습을 견학하기 위해 칸막이 뒤에 숨었다.

"이 소녀였다면 금세 인기척을 느꼈을 텐데. 인간 모험가는 이런 것도 감지를 못하려나?"

"확실히 메어리의 기준은 파격적이긴 하지……. 의뢰 내용에 피실험자라고 적혀 있었으니 그 모험가도 입회자가 있다는 걸 알고서 응모했겠지."

이윽고 모험가처럼 생긴 남자가 방에 들어왔다. 나이는 30대 중반? 팔이 아주 두껍고 털이 많다. 뭘 해야 팔이 저렇게 될 수 있는지 궁금할 정도였다.

모험가가 엔타야 선배의 맞은편에 있는 의자에 앉았다.

"자자, 그럼 거기 의자에 앉아 주세요. 마음 편하게 먹으시고요~."

엔타야 선배는 역시나 태도가 나긋나긋하다. 왠지 사장님과 비슷한 듯도 한데.

"전사인 브흐타스다. 잘 부탁한다."

이름과 겉모습이 딱 어울린다고 해야 할까, 뭐라고 해야 할까…….

"자, 브흐타스 씨는 현재 결혼을 원하신다고 했는데 뭔가 이유가 있나요?"

"젊었을 적에는 모험가로서 팍팍 노력하면 그뿐이라고 생각했고, 그게 편했다. 그리고 미래를 불안해하지도 않았다. 헌데 서른 살을 먹고 나니 인생을 이렇게 살아도 될지 갑자기 불안해졌다……."

브흐타스 씨는 무섭게 생겼지만, 그 눈동자에서는 왠지

비통함이 느껴졌다.

"계기가 있습니까? 아니면 불안이 부지불식간에 찾아온 건가요?"

"옛날에 같이 활동했던 동업자가 결혼했다. 그리고 그 녀석은 자식을 얻었지. 그 녀석의 자식을 봤더니…… 뭐라고 해야 하나, 귀여운 자식을 원하는 건 아니지만……."

엔타야 선배가 고개를 끄덕이면서 브흐타스 씨가 말하기를 기다렸다.

선배는 남의 이야기도 잘 들어준다. 오랫동안 영업직에서 일해온 사람답다.

"그때 깨달았다. 내가 아무 것도 남기지 못한 채 죽는다는 게 아주 무서워졌다. 자식도, 아내도 없는 처지이니까. 독신 모험가는 죽으면 그뿐이다."

세룰리아와 메어리와 동거를 하고 있는 나에게 그 남자를 동정할 권리가 없을지도 모르겠지만, 듣고 있기만 해도 마음이 아파오는 내용이었다.

모험가의 세계는 상상 이상으로 가혹하구나…….

나이를 먹으면 고독이 두려워지는 사람도 있다고 한다.

그러나 이미 늙어버렸기에 만남을 시도해보려고 해도 좀처럼 쉽지가 않다.

엔타야 선배는 그저 듣기만 할 뿐 거의 아무 말도 하지 않았다.

아까 전에 우리 앞에서 프로젝트 이야기를 재잘재잘 떠들어댔던 사람이 맞는가 싶을 지경이다.

어쨌든 브흐타스 씨의 말을 이끌어내기 위해 웃으면서 느긋하게 기다려주고 있다.

"근데 말이야. 모험가끼리는 분위기상 이런 푸념을 늘어놓을 수가 없단 말이지. 계집애 같다며 비웃음을 당하기 일쑤다. 게다가 난 지금껏 결혼 따윈 거들떠도 보지 않고 살아왔단 말이지…… 그래서 새삼스레 고민을 털어놓으면 이상하게 비칠까 봐……."

과연. 모험가는 미래를 이야기하는 걸 일종의 금기로 여기는구나.

"그리고 동업자는 대부분 남자라서 말이지. 드물게 여자 모험가도 있긴 하지만 그런 녀석은 잘생긴 남자 모험가들이 죄다 채간단 말이다…… 남자도 결국은 얼굴인가 싶다……."

그때 메어리가 뭐라고 중얼거려서 귀를 가까이 가져갔다.

"자업자득일지도 모르겠지만, 저 사람도 뾰족한 방법이 없는 모양이니 참 힘들겠네."

"그렇지. 의욕만으로 만회할 수 있는 수준을 뛰어넘었어."

결혼하고 싶은 모험가와 모험가랑 결혼하고 싶은 사람의 숫자를 비교하면 전자가 훨씬 더 많겠지.

그렇다면 모험가 중에서 잘생겼거나 젊은 사람이 먼저 결혼을 하지 않을까.

"응, 사정은 알겠습니다."

엔타야 선배가 천천히 고개를 크게 끄덕였다.

"이제부터는 더 깊숙이 파고들도록 할게요. 말하기 싫다면 입을 다물어도 괜찮습니다."

"뭐든 다 대답할 테니 괘념치 마라. 체면 따윈 다 내던지고서 여기에 온 거니까."

브흐타스 씨도 엔타야 선배를 완전히 믿기로 했는지, 아니면 단순히(외모가) 젊고 아리따운 여성과 대화를 나눌 수 있어서 기쁜 건지 웃음을 지을 정도로 마음에 여유가 생겼다. 아마도 둘 다겠지.

"우선 여성과 교제를 해본 적이?"

"애인이라는 의미라면 20대 때 몇 명쯤 경험이 있다. 하지만 모두 술집 여자라서 일찍 헤어졌지."

아버지가 이 말을 들었다면 부러워했을 것 같다…….

"흠흠. 귀중한 정보 감사합니다. 브흐타스 씨가 숙맥이 아니라는 건 알겠습니다."

엔타야 선배가 생글거리며 대응했다.

선배가 마치 진짜 상담원처럼 보였다. 이것이 오랫동안 영업직으로서 경력을 쌓아온 사람의 실력인가.

"그럼 브흐타스 씨, 다음 질문입니다. 브흐타스 씨는 어떤 여성이 취향입니까? 이 역시 되도록 자세히 알려주시면 감사하겠습니다. 잘 맞지 않은 사람을 소개해봤자 서로한테 시간낭비일 뿐이니까요."

"결혼을 할 수 있다면 어떤 여성이든 좋아. 새삼스레 외모를 따질 처지가 아니지. 나도 보다시피 곰처럼 생겼으니."

뭐, 그런 기분이 들 만도 하겠지.

그만큼 배우자를 고를 만한 여유가 없다는 소리겠지.

그런데 이때 의외의 일이 벌어졌다.

엔타야 선배가 고개를 가로저었다. 얼굴에서 웃음기가 사라졌다.

그리고 단호하게 이렇게 말했다.

"브흐타스 씨, 그건 안 돼요."

"엇? 외모를 따지지 않는다고 했는데 뭐가 안 된다는 거지……?"

브흐타스 씨도 왜 부정을 당했는지 이유를 모르는 듯했다.

"엇……? 난 이것저것 재고 따질 수 있는 처지가 아니지 않나……. 취향에 맞춰서 여자를 만나보고 싶다는 사치스러운 소리를 어떻게 하겠나……."

"하아……. 이거 분명히 짚고 넘어가야겠네요."

엔타야 선배가 한숨을 내쉬었다.

"그럼 반대로 생각해보세요. 브흐타스 씨가 여성이라고 칩시다."

"그건 기분이 나쁘군."

나도 그렇게 생각하지만, 가정이니 참아줬으면 좋겠다.

"웬 남성이 누구든 좋으니 자기랑 결혼해달라고 하면 '기뻐요! 결혼하고 싶어요!'라는 생각이 들까요?"

브흐타스 씨는 한동안 머릿속으로 사고실험을 벌이는 듯

했다. 이윽고 엔타야 선배가 무슨 의도로 그런 말을 했는지 잘 알겠다는 듯한 표정을 지었다.

"무리겠군. 여자로서 바보 취급을 받는 것 같은 기분이 들 테고, 사랑받고 있다는 느낌도 별로 안 들 테니. 아니, 그건 사랑이 아니겠지. 가게에 들어갔는데 맛있는 요리가 다 팔려서 별 수 없이 다른 요리를 주문한 것 같은 느낌이겠군. 그런 사람과는 결혼도 할 수 없겠지……."

엔타야 선배가 또 미소를 지었다.

저 사람은 웃음이 기본값으로 설정되어 있구나.

"그래요. 이 세상에서 결혼 상대를 딱 한 사람만 골라야하는 거니 조건을 여러모로 따지는 게 당연합니다."

브흐타스 씨가 어느새 몸을 앞으로 기울이며 경청하고 있다.

"기왕에 요리 이야기가 나와서 또 요리로 예를 들겠는데요. 남한테 무슨 요리를 먹고 싶으냐고 물었는데 상대가 '뭐든 좋아' 하고 대답했을 때, 짜증이 났거나 어떤 식당을 소개해야 좋을지 난처했던 적이 있습니까?"

나도 속으로 그런 경험이 있다고 고개를 끄덕였다.

뭐든지 좋다고 했던 녀석이 정말로 뭐든지 좋다며 순순히 따라갔던 적은 결국 없었다.

조건을 따지지 않고 결혼 상대를 찾겠다고 했지만, 막상 그 상대가 고블린을 맨주먹으로 박살내버릴 것처럼 생겼다면 남녀 모두 '이건 좀……' 하고 질색하겠지.

"잘 알지. 구체적인 기호를 말해주는 편이 오히려 성실하다고 할 수 있지."

"맞아요, 맞아. 그러니 브흐타스 씨의 취향을 알려주세요. 부족한 데가 있으면 제가 질문하도록 할게요. 마음 편하게 생각하고 있는 것을 전부 털어놓으세요."

브흐타스 씨의 취향을 항목별로 정리하자면 이렇다.

· 굳이 따지자면 마른 편이 이상형.

· 성격은 온후한 사람이 좋다. 화가 나면 폭언을 일삼는 녀석은 무섭다.

· 돈벌이가 그리 넉넉하지도 않고, 안정되어 있지도 않으니 낭비벽이 심한 여성은 곤란하다.

· 꽃을 키우는 게 취미인지라 꽃을 사랑하는 사람이라면 기쁠 것 같다.

"오호! 꽃을 키우고 계셨군요! 솔직히 의외입니다!"

엔타야 선배가 정말로 솔직하게 말했네! 나도 그렇게 생각했지만!

"모험을 하다보면 각지에서 꽃을 찾아볼 수가 있지. 그러면 꽃 씨앗을 가져와서 집에 심곤 해. 꽃을 피우면 요행이라고 여기는 수준이라서 본격적으로 가드닝을 하고 있는 녀석한테는 못 당하겠지만 말이야."

"모험가와 식물은 의외로 상성이 좋은 것 같네요. 각지를 전전하다 보면 다양한 식물을 접할 수가 있을 테니."

"앗, 그런 발상은 해본 적이 없어. 세룰리아, 고마워."

"감사 인사를 들을 만한 말은 아니잖아요?"

세룰리아가 웃었다.

"게다가 이 화제를 이끌어낸 건 제가 아니라 엔타야 씨랍니다."

그 말을 듣고서 헉, 하고 정신을 차렸다.

선배가 일을 멋지게 해나가고 있다.

첫인상만으로는 알 수가 없는 정보를 확실히 끄집어내고 있다.

이 기술을 장사에 활용한다면 무조건 성공하겠지.

브흐타스 씨는 그 뒤로도 꽃 이야기를 한동안 계속했다. 집에 화단도 만들었다고 한다. 그 정도라면 꽃을 잘 아는 여성과 잘 맞겠지.

"더 깊숙이 질문하겠는데요. 이혼하신 분, 아이가 있는 분, 그런 분과의 결혼도 고려하고 계십니까?"

"아아, 그건 개의치 않는다."

본인 입으로 말하기 껄끄러운 내용은 그런 식으로 이끌어내는구나.

좋아, 선배의 접객 기술을 확실하게 훔치도록 하자.

모험가 길드에 오게 될 줄은 생각지도 못했지만 좋은 경험이 되고 있다.

"오늘은 이쯤 해서 마무리 짓도록 하겠습니다. 의뢰 목표가 달성됐으니 브흐타스 씨는 나중에 환금소에 가서 돈을 받아 주세요."

"앗, 상담을 청했는데도 돈을 받는단 말인가⋯⋯. 사실은 내가 돈을 지불해야만 하건만⋯⋯."

브흐타스 씨도 자신이 피실험자로 왔음을 잊은 듯했다.

"그럼 브흐타스 씨의 조건에 맞는 분이 있다면 연락드리도록 할게요. 모험가 길드에 종종 계시죠? 그때 길드 직원을 통해서 알려드릴까 합니다."

문서로 통보하기보다 구두로 알려주는 편이 더 나을 것 같네.

그런데 그때 커다란 의문이 하나 떠올랐다.

결혼하고 싶은 남자 모험가는 이런 식으로 모집할 수도 있겠지.

수요도 있을 것 같으니 상담료나 중개료를 받는다면 충분히 돈벌이가 될 것이다.

하지만 남자 모험가와 결혼해도 좋다는 여성은 어떻게 찾아낼 거지⋯⋯?

"그⋯⋯, 내 조건에 부합하는 여성이 별로 없을 것 같은데. 아니, 조건을 만족하는 여성이 나름 있을지도 모르겠지만, 그 녀석이 나랑 결혼하고 싶어할까? 기다려본들 희망고문 아니겠나?"

브흐타스 씨도 나와 동일한 의문을 가진 듯하다.

그의 말이 비굴하게 들릴지도 모르겠지만, 그것이 객관적인 사실이겠지.

"후후후후훗! 그게 말이죠. 잘 해결됐어요! 그러니 걱정하실 필요 없습니다!"

엔타야 선배가 자신만만하게 웃었다.

뱀파이어다운 날카로운 송곳니가 살짝 엿보였다.

그녀가 의기양양해하는 얼굴로 이쪽을 힐끔 쳐다봤다.

우리에게 보여주려는 표정이었나?

어차피 이 역시 업무의 일환이니까. 엔타야 선배도 실제 사례를 보여주겠다고 했고 말이다.

"모험가 길드에 '결혼을 바라는 여성'을 조사해달라고 의뢰할 예정입니다! 이러면 모험가 분들이 할 일도 늘어날 테니 일석이조입니다!"

그런가? 모험가란 이런 특수한 일을 하는 사람들이다.

이 세상의 어딜 뒤져봐도 '결혼을 바라는 여성'을 전문적으로 조사해주는 회사는 없다.

그러한 특이한 업무를 수행하는 사람이 바로 모험가다.

"참고로 이 의뢰는 여성 모험가만 수행할 수 있도록 제한을 둘 작정입니다. 남성 모험가가 여성한테 느닷없이 결혼할 생각이 있느냐고 묻는다면 화들짝 놀랄 테니까요~."

선배는 정말로 세심하구나.

갖은 고초를 겪어봤기에 선배가 이런 세세한 부분까지 신경을 쓸 수 있는 게 아닐까?

선배는 여러 번이나 전직을 했다. 그 경험이 선배의 재산이 된 것이다.

"알겠다. 그럼 괜찮은 아이를 찾거든 알려줘."

브흐타스 씨도 만족한 얼굴이었다.

영양가가 있는 상담을 받은 데다가 길드 의뢰를 달성하여 돈도 받게 됐으니 만족할 만도 하겠지.

뭐, 결혼이라는 목표에 도달하려면 여러 난관을 더 거쳐야 할 테지만, 브흐타스 씨도 다른 사람에게 고민을 털어놓아 마음의 짐이 조금은 가벼워졌겠지.

이런 일은 속으로 끙끙 앓고 있어봤자 아무것도 바뀌지 않는다. 어쩌면 앞으로 나아갈 수 있는 계기를 붙잡는 게 훨씬 더 어려울지도 모르겠다.

"예! 오늘 감사했습니다……, 하고 말하고 싶지만."

엔타야 선배가 벽에 걸려 있는 시계를 올려다봤다. 예정보다 너무 일찍 끝났나?

"기왕 시작했으니 좋은 사람을 찾기 전에 해야 할 일을 해두도록 할까요."

"해야 할 일? 지금은 그저 신께 기도할 수밖에 없잖나?"

"아뇨, 아뇨. 한마디로 말하자면 남성으로서의 매력을 갈고닦아 놓자는 뜻입니다. 범위는 화술에서 패션까지 전반입니다."

"아니, 난, 그런 것에 흥미가 없으니 있는 그대로의 모습을 보여주면 되지 않나 싶은데……."

브흐타스 씨가 주저하고 있다는 걸 목소리와 표정으로 잘 알 수 있었다.

아주 성가실 것 같으니 만약에 나였다면 안 하겠다고 버텼을 것 같다.

"브흐타스 씨, 있는 그대로를 보여주고 싶다고 할 때가 아니에요."

엔타야 선배가 손을 저었다.

"만약에 여성이 화장을 전혀 하지 않고 평상복으로 데이트를 하러 왔다면 어떻게 생각하시겠어요?"

"무례하다고 여길 것 같은데……. 그 이전에 그 사람과는 관계를 더는 진전시킬 수 없겠다며 실망할 테지. 날 별 볼 일 없는 인간이라고 얕잡아보고 있다는 뜻이니……. 앗! 그런 의미였나!"

브흐타스 씨의 거대한 목소리가 실내에 울렸다.

"그래요, 그래. 평소에 멋진 옷을 입고 있으라는 말이 아닙니다. 다만 여성과 만날 때를 대비하여 조합이 괜찮은 옷을 마련해두자는 소립니다. 말쑥하게 차려입고서 데이트 상대를 만나러 가는 건 매너이니까요."

브흐타스 씨도 고개를 연신 끄덕이며 이야기를 열심히 들었다.

머지않아 엔타야 선배를 선생님이라고 부를 것 같다.

"그러니 가능한 선에서 멋을 가꿔나가도록 하죠. 여성과 깊숙한 동굴 지하에서 만나는 게 아니니 패션이 엉망이면 변명도 안 통합니다."

"패션이라……. 나, 그런 것에는 자신이 없는데……."

나도 마찬가지다. 패션에는 자신이 있다고 자부하는 남성들이 소수겠지.

"자신이 없다면 저희 쪽에서 어떻게든 해드릴게요. 알아서 하라는 건 잔인한 요구이니까요."

그야 패션에 자신이 있는 녀석은 결혼 상대도 자력으로 찾아낼 수 있겠지.

그런데 그때 선배가 부끄럽다는 듯 뺨을 긁적였다.

"다만 저도 패션의 프로가 아니라서…… 패션을 완벽하게 잘 아느냐고 묻는다면 자신이 없네요……."

어라, 분위기가 묘하게 흘러가는데…….

"자랑은 아니지만, 그럭저럭 귀엽게 태어난지라 유별난 패션도 나름 잘 소화하거든요……."

그거 자랑이죠! 아무리 둘러봐도 자랑이 맞는데요!

그러나 패션에는 그런 면이 있는 것도 사실이다.

외모 때문에 옷차림이 더 멋지게 보이는 경우도 분명 있다.

그러나 선배는 패션을 잘 모른다면서 어떻게 가르칠 작정이지?

브흐타스 씨도 어이가 없다는 표정을 짓고 있다.

교사가 꼭 알아야 한다면서 가르쳐줄 수가 없다고 말한 것이나 마찬가지이니까.

그 순간 선배의 눈빛이 번뜩인 듯했다.

"하지만! 오늘은 도우미를 대동했으니 극복할 수 있을

겁니다!"

어라……. 뭔가 꿍꿍이가 있을 때 저런 표정을 짓던데…….

"세룰리아 씨, 메어리 씨, 함께 패션을 점검하도록 하죠!"

그렇게 나오기냐!

혼자서는 불안한 분야를 여럿이서 채워나가는 작전인가.

선배, 처음부터 거들게 하려고 데려온 거 아닌가……?

"세룰리아, 어쩔래? 우릴 부르는데?"

"저도 아닌 밤중에 홍두깨라서 어떻게 해야 좋을지……."

두 사람은 서로를 쳐다보다가 결국 나설 수밖에 없다는 결론에 이르렀는지 칸막이 밖으로 나갔다.

브흐타스 씨는 이 방에 자신과 엔타야 선배만 있다고 생각했는지 놀란 표정을 지었다. 모험가로서 오래 활동한 것 같은데 실내에 숨어 있는 다른 사람의 기척도 알아차리질 못하는구나…….

"엇? 서큐버스와 마족 꼬맹이?!"

"누가 꼬맹이냐! 이 소녀를 화나게 했다가는 네 고향쯤은 5초 만에 멸망시켜 줄 테야!"

아이 취급을 받아서 메어리가 몹시 언짢아했다.

내가 나가봤자 이야기만 복잡해질 뿐이니 가만히 지켜볼 수밖에 없다.

세룰리아는 모르겠지만 메어리는 괜찮으려나? 숙면을 취할 수 있는 베개를 고르는 법 말고는 알려줄 게 없을 것 같은데?

"두 분 모두 여성의 관점에서 솔직한 의견을 부탁드릴게요! 오히려 저도 참고를 하고 싶으니까요."

메어리가 브흐타스 씨에게 다가가 물끄러미 훑어보고 있다. 일단 심사를 할 마음은 있는가 보다.

"한마디로 말하자면 부스스해."

역시나 메어리는 돌려서 말하지 않고 공격적으로 쏘아붙이는구나.

그 말 때문에 브흐타스 씨가 상심하지 않았으면 좋겠다.

"그러네요. 여자한테 좋은 인상을 줄 수 있는 옷차림은 아닌 것 같아요."

표현의 수위가 메어리 정도는 아니지만 세룰리아도 엄격하게 평가했다.

모험가이고, 또 데이트를 하려고 온 것도 아니니 너그러이 봐줘.

"이게 별로라고⋯⋯? 내 딴에는 멋을 부려본다고 부려본 것인데⋯⋯."

켁, 본인은 괜찮다고 느끼고 있었냐⋯⋯.

"인간은 말이야. 스스로를 실제 모습보다 더 멋지다고 여기는 경향이 있다고 하더라. 자기 얼굴이 찌그러진 메주 같다고 생각하면 살아가기가 괴로울 테니 말이야. 인간은 무의식적으로 자기 자신한테 너그러워."

메어리, 담담한 말투로 브흐타스 씨를 아주 절벽으로 내모는구나⋯⋯. 같은 남자로서 나까지 괴로워졌다.

"맞아요. 갑옷은 별로 세련되지 않으니 데이트를 할 때는 다른 옷을 입어야겠네요."

"이야~, 참고가 되네요~. 마침 다른 방에 옷을 몇 벌 준비해놨으니 입어보면서 이야기를 더 하도록 하죠."

상황을 너무 능숙하게 주도하잖아. 선배, 역시나 애초부터 두 사람을 이용하려고 불렀구나…….

"알겠어. 이 소녀는 좋아."

메어리는 이러쿵저러쿵 투덜거리면서도 협력해주곤 한다. 이번에도 그런 듯하다.

"그럼 다함께 저쪽 방으로 이동하기로 할까요."

세룰리아도 당연히 동의했다.

좋아, 나도 움직여볼까? 칸막이 밖으로 나가려다가 문득 깨달았다.

……내가 있다는 걸 모험가에게 아직 밝히지 않았다.

한마디로 말해서 나가기가 껄끄럽다.

결국 나를 제외한 모든 사람들이 방을 나갔다.

뭐, 잠시 기다렸다가 얼굴이나 비추면 되려나? 내가 가봤자 아무 도움도 안 될 테니…….

다만 아주 조금이지만 쓸쓸하긴 했다.

어쨌든 세룰리아는 내 사역마인데…….

문이 열리고 세룰리아가 돌아왔다.

너무 갑작스러워서 깜짝 놀랐다.

"여보, 혼자 놔둬서 미안해요."

그 '여보'라는 말이 마음을 흔들었다.

"다른 남성분의 패션을 살펴봐주는 건 옳지 않으니 그만 둘게요. 엔타야 씨도 그 점은 이해해줄 것 같고요."

"아니, 괜찮아. 선배의 힘이 되어줘. 남의 패션을 살펴봤다고 질투하는 건 내가 생각해도 치졸한 것 같으니까……."

그리고 이 말을 해야 좋을지 망설였지만……

지금 해두는 게 좋겠지. 말로 표현하는 게 낫겠다.

"세룰리아, 고마워. 세룰리아가 내 사역마라서 정말로 다행이야."

"저도 당신의 사역마가 될 수 있어서 다행이에요."

세룰리아의 그 웃음이 기뻤다.

역시 빨리 결혼하는 게 나으려나. 하지만…… 아리에노르가 마음에 걸려서…….

이 문제는 조금만 더 고민하게 해줘…….

브흐타스 씨와 달리 나는 성인식을 치른 지 얼마 되지 않았으니까……. 응, 아직 시간에 여유가 있다. 세이프다, 세이프!

"그리고 메어리 씨가 말을 전해달라고 했는데요."

메어리라는 단어를 듣고서 흠칫 놀랐다. 다른 여자와 결혼하지 말라는 소리를 하려나? 메어리와의 관계에도 아직 매듭을 짓지 못한 부분이 있다.

"'이 소녀도 프란츠의 사역마가 아니라고 할 수는 없으니 다른 누군가의 명령을 받는 게 싫거든 말해'라고 했어요."

"그걸 자기 입으로 말하지 않는 게 메어리답네."

그래도 마음은 전해졌다.

메어리도 그 부분을 마음에 담아두고 있었구나.

엔타야 선배가 나에게 묻지도 않고 일을 척척 진행시켰으니.

평소에 메어리는 거침없다고 해야 하나, 자유롭게 살아간다. 그런데 자신이 사역마라는 의식도 갖고 있었구나. 부끄러움을 감추려고 평소에 그렇게 행동하는 것 같긴 하지만.

"옷차림에 조언을 해주는 것뿐이잖아. 얼마든지 도와줘. 이 시간도 어디까지나 업무에 포함되어 있으니까. 선배를 돕는다고 생각하면 평범한 일이야."

"알겠어요. 그럼 엔타야 씨를 도와주러 다녀올게요."

세룰리아가 생긋 웃었다.

맞다, 모처럼이니.

"세룰리아, 난 모험가 길드 창구를 살펴보고 올게. 뭔가 참고가 될 만한 게 있을지도 몰라."

"알겠습니다. 엔타야 씨를 돕고 올게요."

아무리 그래도 여기서 혼자서 기다리는 건 바보 같으니까.

창구로 오는 모험가들을 보고 있으니 정말로 다양한 사람들이 있구나 싶었다.

끗발이 있어 보이는 사람도 있긴 하지만, 대부분은 꾀죄죄한 옷을 입고 있거나, 부상을 입었는지 붕대를 감고 있었다. 생활이 힘들어 보였다.

회사에서 정사원으로서 근무하고 있어서 왕도 주변에 모험가들이 이렇게나 많은 줄은 몰랐다. 이 사람들이 다양한 의뢰를 수행하면서 생활하고 있구나.

이 세상에는 내가 상상도 할 수 없을 만큼 다양한 사람들이 살고 있다.

아마도 들어본 적도 없는 직업을 가진 사람도 있을 테고, 왕국에 단 하나밖에 없는 직업도 여럿 있겠지.

그렇게 '일반인'의 기준에서 특이하게 살아가는 수많은 사람들이 남몰래 결혼을 고민하며 살아가고 있다.

밖으로 내색할 수 없는 고민이 그 밖에도 많겠지.

그런 고민을 엔타야 씨가 해결해주려고 애쓰고 있다. 순수한 마음으로 아주 훌륭하다고 생각한다. 어쨌든 사람을 도와주는 일이니까.

기왕이면 나도 사람들에게 도움이 되는 흑마법사가 되고 싶다.

왜냐면 남을 괴롭혀서 돈을 버는 일은 정신 건강에 해로울 테니까.

최초 1, 2개월 정도는 버틸 수 있더라도 언젠가는 고통에 시달리게 되겠지.

엔타야 선배가 그야말로 그랬다.

영업 사원은 가슴을 활짝 펴고서 당당하게 팔 수 없거나, 팔고 싶지 않은 상품을 남에게 권할 때마다 심적으로 괴로워한다.

돈을 벌 때마다 죄책감을 떠안아야만 하는 인생은 분명 불행하다.

장기적으로 보면 돈을 벌 때마다 사회에 공헌했다고 자부할 수 있는 일이 더 이득이다.

"모험가 길드에 올 때면 싫어도 옛날 생각이 떠올라요~."

정신을 차려보니 엔타야 선배가 내 바로 옆에 있었다. 반쯤 놀래주려는 의도로 살며시 다가왔구나.

"여기 있는 사람들은 모두 여유가 없습니다. 삶에 여유가 없으면 여러 방면에서 악순환이 벌어지게 돼요. 사장님이 거둬준 덕분에 전 기적적으로 위기를 모면했지만."

"아뇨, 엔타야 선배님의 실력 덕분입니다."

아무리 사장님이 선량하다고 해도 무능한 사람을 채용하지는 않는다. 품고 있는 이상이 드높기에 파피스타냐 선배나 레다 선배처럼 뛰어난 능력을 지닌 사람들을 모아서 지금의 회사를 운영하고 있다.

물론 엔타야 선배도 그 실력을 높이 평가받아 이 회사에 들어온 사람이다.

"귀여운 후배네요."

뒤에서 나를 꼬옥 끌어안았다. 이 정도는 스킨십에 속한다고 생각하도록 하자.

"피를 빨아도 됩니까?"

그건…… 아무리 봐도 스킨십 범주에서 벗어나는 건데…….

얼굴을 핥는 것보다 어쩌면 더 수위가 높다고 할 수 있을

지도 모르겠다…….

"살짝은 괜찮아요……."

"예~, 감사합니다~♪"

선배가 남의 눈에 띄지 않도록 몰래 피를 빨았다.

피를 빨리고 나서 생각해보니 역시나 귀엽게 생기면 세상을 살아가면서 덕을 본다는 게 사실이구나 싶다.

고블린이 피를 빨아도 되겠느냐고 물었다면 당연히 부정했을 테니까…….

"선배님, 패션 지도는 끝났습니까?"

"완벽해요. 못 알아볼 정도예요!"

바로 그때 브흐타스 씨(로 추정되는 사람)가 나타났다.

머리가 부스스하지 않고 반듯하게 정돈되어 있다. 낡아빠진 케케묵은 냄새가 났던 갑옷이 아니라 새것처럼 가벼운 갑옷을 착용하고 있다.

수염도 말끔하게 깎았다.

솔직히 열 살은 젊어 보인다.

"어라, 브흐타스 아냐?"

"아니, 저 녀석이 저렇게 멋졌던가?"

"헌데 저 검은 브흐타스 거 맞는데."

남자 모험가들도 브흐타스 씨의 변화를 바로 감지한 듯했다.

그리고 무엇보다 브흐타스 씨 자신이 그 변화 덕분에 자신감을 얻은 것처럼 보였다.

그래, 아까 엔타야 선배가 언급했던 그 여유를 갖추고 있었다.

이른바 '성인 남자'가 되라는 의미에서 그런 말을 했음을 알 수 있었다.

"너희들, 그렇게 추켜세워도 아무 것도 안 나온다. 이번 달은 너무 마셔 호주머니 사정이 빠듯해서 한턱낼 수도 없어. 딴 녀석한테나 가서 딸랑거리라고."

모험가 중 하나가 "술이 아니라 옷 때문에 빈털터리가 된 거 아냐?" 하고 말했다. 그러자 모험가들이 웃었다.

이런 유쾌한 소동은 전혀 문제가 없다.

그 뒤에 브흐타스 씨는 엔타야 선배를 찾아내고서 연신 고마워했다.

세계가 바뀌었다는 표현까지 사용했다.

"너무 고마워하시는 거 아닌가요? 어디까지나 괜찮은 상대를 찾아내는 것까지가 제 일이거든요."

"분명 잘 될 거야. 그리고 지금 이 상태로도 무지 즐거워! 이런 기분을 맛본 건 정말이지 오랜만이다. 젊은 시절로 되돌아간 것 같다!"

다른 모험가가 "브흐타스, 그 사람한테 반했냐?" 하고 말했다.

뒤이어 여기저기에서 웃음이 터져 나왔다. 여자는 눈을 씻고 찾아봐도 찾을 수 없는 공간이라서 브흐타스 씨는 절호의 먹잇감이었다.

"헛소리! 이 사람은 선생님이시다! 반하다니 그 무슨 무례한 언사냐!"

브흐타스 씨가 새빨개진 얼굴로 부정했다. 그런데 그저 화가 나서 얼굴이 빨개진 건 아닌 것 같네.

아아, 이 분위기, 그야말로 남학교스러운 흥.

내가 지냈던 기숙사도 조금 다르긴 하지만 이런 분위기였다.

남자들밖에 없는 곳에 귀여운 여선생님이 나타났으니 다들 내버려둘 수가 없겠지.

"예, 전 선생님이라서 반하면 곤란해요~. 전 다른 여성분과 붙여드리는 사랑의 큐피드거든요!"

선배도 그 분위기를 즐기고 있었다.

이렇듯 사람에게 행복을 선사해줄 수 있으니 엔타야 선배의 신규 프로젝트도 분명 궤도에 오를 것이다.

비즈니스 모델을 확립하기까지 시간이 걸릴지도 모르겠지만, 이런 서비스를 필요로 하는 사람은 많다. 그건 틀림없다.

브흐타스 씨가 돌아간 뒤 선배와 함께 상담을 받았던 2층 방으로 돌아갔다. 세룰리아와 메어리가 기다리고 있었다. 둘 다 보람을 느끼고 있는 표정이었다.

"남성분은 정말로 패션에 흥미가 없네요. 아주 초보적인 걸 알려줬는데도 엄청 기뻐해줘서 신선했어요."

"대화를 나눠보니 성격이 나쁜 녀석은 아닌 것 같아. 열심히 노력하다보면 언젠가 결혼할 수 있지 않겠어?"

두 사람에게도 불쾌한 업무가 아니었던 모양이다.

"앗, 맞아요. 할 일이 하나 더 있으니 회사 연수실에 한 번 와달라고 엔타야 씨가 그랬어요."

"연수실?"

"그래요. 부탁할게요~. 미안하지만, 회사까지 발걸음을 해주시겠어요?"

무슨 영문이지 선배가 히죽 웃었다.

◇

내 앞에 무슨 영문인지 벌거벗은 세 사람이 있었다⋯⋯.

나도 분위기에 휩쓸려 옷이 홀라당 벗겨졌다.

"저기, 선배님, 이 무슨⋯⋯?"

"아니, 그게, 프란츠 씨의 사역마들을 무단으로 사용했으니까⋯⋯. 게다가 사역마라기보다 관계가 더 깊은 파트너라고도 할 수 있는 애였고⋯⋯. 그래서 나름의 속죄?"

그 속죄하는 방식이 이상하다고 생각하는데⋯⋯.

"그래서 몸으로 지불하기로 했으니 잘 부탁합니다♪"

선배가 웃으면서 그런 말을 하면 이렇게 대답할 수밖에 없겠지.

"저야말로, 자, 잘 부탁합니다⋯⋯."

메어리가 얼굴을 붉혔지만 저항할 생각은 없는 듯했다.

"어쩔 수 없네. 일이 이렇게 됐으니 이 소녀도 따를게⋯⋯."

이제 세룰리아에게서는 서큐버스적인 일의 관록마저 느껴졌다.

"천천히 즐겨주세요, 주인님 ♪"

"응, 알겠어⋯⋯."

"피 말고 다른 것도 쫙쫙 짜줄 게요, 알겠죠?"

"선배는 이상한 소리 좀 하지 마세요!"

결국 연수실에서 일종의 흑마법 연수라고도 볼 수도 있는 일을 두 시간쯤 했습니다⋯⋯.

이런 식으로 감사의 뜻을 표현하는 건 뭔가 아닌 것 같은데⋯⋯.

그리고 이번에 엔타야 선배를 선생님 같다고 생각하긴 했는데, 이렇게 야한 선생님은 여러 의미에서 있어선 안 된다고 생각합니다⋯⋯.

저자 후기

오랜만입니다! 「젊은이들의 흑마법 기피~」 6권이 나왔습니다!

이번 권에서는 주로 고양이 문제와 연구자의 팍팍한 생활 문제를 다뤘습니다.

모리타에 있는 친가에서는 고양이를 키우고 있고, 옛날에 살았던 후쿠이현에서도 야생동물이 자주 출몰했던지라 야생동물과 어떻게 공존하느냐는 남일 같지 않은 테마입니다. 상사네 집 정원에 곰이 나타난 적이 있었으니까…….

연구자가 먹고 살아갈 수가 없는 문제도 한때 일본사 대학원생이었던 몸으로서 역시나 남일 같지가 않은 테마입니다. 제가 학자가 되지 않은 건 겸손도 뭣도 아닙니다. 정말로 연구자로서 능력이 부족했기에 어쩔 수 없었습니다. 그러나 그 당시에 전문서를 출간했을 정도로 실적이 있던 사람조차도 교수가 될 수가 없었던 것도 사실입니다.

뭐, 둘 다 간단히 해결할 수가 없는 문제이니 소설처럼 팍팍 처리할 수가 없다는 건 잘 알고 있습니다만, 뭔가 괜찮은 해결책이 나와줬으면 싶습니다. 특히 연구자 문제는 다른 지면을 빌려서 또 다루고 싶습니다.

지금부터는 5월에 3권이 발매된, 이즈미 코키 선생님이 담당하고 계신 만화판 이야기를 할까 합니다.

3권, 까놓고 말해서 무지무지 좋았습니다! 원작을 집필하고 있는 저조차 의식하지 못했는데, 만화를 읽어나가니 '아아, 프란츠 짱과 성장하고 있구나'라는 실감이 확실히 들었습니다(하지만 역시나 부럽기 그지없는 환경에서 살아가고 있는지라 작자인 저도 저 녀석이 폭발해버렸으면 좋겠다고 종종 생각하긴 합니다만……). 이즈미 선생님, 진심으로, 진심으로 감사합니다!

3권에서 처음 등장한 아리에노르도 정말로 귀여웠습니다. 좋은 의미로 발칙한 아이로 잘 그려주셨습니다. 4권에서는 상송스를 비롯한 다른 인물들도 나올 것 같은데 그쪽도 기대가 됩니다!

이즈미 선생님의 만화판은 만화 어플 「망가UP!」과 「니코니코 정화」 등에서 연재 중이니 앞으로도 잘 부탁드리겠습니다!

이번에도 원작 일러스트를 47AgDragon 선생님께서 그려주셨습니다! 늘 감사합니다!

또한 구입해주신 여러분들도 정말로 감사합니다! 처음에 「젊은이들의 흑마법 기피~」라는 제목을 즉흥적으로 떠올리고서 집필하기 시작했던 이야기가 책으로 엮어져 이렇듯 계속 출간된 것 자체가 기적이나 다름없습니다! 앞으로 본 시리즈도, 주인공 프란츠와 그 동료들도 응원해주시면 기쁘겠습니다.

그럼 또 다음 권에서 뵙겠습니다!

모리타 키세츠

WAKAMONO NO KUROMAHOU BANARE GA SHINKOKU DESUGA, SHUSHOKU SHITE MITARA TAIGUU II SHI, SHACHO MO TSUKAIMA MO KAWAIKUTE SAIKO DESU! Vol.6

젊은이들의 흑마법 기피가 심각합니다만, 취직해보니 대우도 좋고 사장도 사역마도 귀여워서 최고입니다! 6

2022년 06월 15일 1판 1쇄 발행

저　　　자 모리타 키세츠
일 러 스 트 47AgDragon
옮 긴 이 박춘상
발 행 인 유재옥
본 부 장 조병권
담당편집자 정지원
편 집 1팀 김준균 김혜연 박소연
편 집 2팀 정영길 조찬희 박치우 정지원
편 집 3팀 오준영 곽혜민 이해빈
미　　　술 김보라 박민솔
라이츠담당 한주원 이승희
디 지 털 박상섭 최서윤 김지연
인쇄제작처 코리아피앤피
발 행 처 ㈜소미미디어
등　　　록 제2015-000008호
주　　　소 서울시 마포구 토정로222, 403호(신수동, 한국출판콘텐츠센터)
판　　　매 ㈜소미미디어
마 케 팅 한민지 최원석 최정연 한소리
영　　　업 박종욱
물　　　류 허석용 백철기
전　　　화 편집부 (070)4164-3962, 3963 기획실 (02)567-3388
　　　　　　판매 및 마케팅 (070)4165-6688, Fax (02)322-7665

ISBN 979-11-384-1116-5
ISBN 979-11-6190-568-6 (세트)